中国历代通俗演义故事·农闲读本

封神演义

原著 许仲琳
改编 王文奇
插图 李 娜

吉林出版集团股份有限公司

图书在版编目(CIP)数据

封神演义 / 王文奇改编. —长春：吉林出版集团股份
有限公司，2008.11(2023.8 重印)
(中国历代通俗演义故事：农闲读本)
ISBN 978-7-80762-952-8

Ⅰ. 封… Ⅱ. 王… Ⅲ. 章回小说—中国—明代—缩
写本 Ⅳ. I242.4

中国版本图书馆 CIP 数据核字(2008)第 165859 号

FENGSHEN YANYI

书　　名	封 神 演 义	
出版策划	崔文辉	
责任编辑	刘　洋	
出　　版	吉林出版集团股份有限公司	
	(长春市福址大路 5788 号，邮政编码：130118)	
发　　行	吉林出版集团译文图书经营有限公司	
	(http://shop34896900.taobao.com)	
制　　作	猫头鹰工作室	
电　　话	总编办 0431-81629909　营销部 0431-81629880	
印　　刷	三河市金兆印刷装订有限公司	
开　　本	889×1194 毫米　1/32	
印　　张	6.5	
字　　数	104 千字	
版　　次	2008 年 11 月第 1 版	
印　　次	2023 年 8 月第 2 次印刷	
标准书号	ISBN 978-7-80762-952-8	
定　　价	38.00 元	

(如有印装质量问题请与出版社调换。联系电话：18533602666)

☁ 前 言 ☁

　　《封神演义》的故事如今已经被大家所熟知,近年也不断地被搬上荧幕,通过现代的科技手段来展示作者的奇思妙想。

　　其实,《封神演义》中的故事也是逐渐形成和完善的。《封神演义》故事的原形最早可以追溯到南宋时期的话本,诸如《武王伐纣白话文》《商周演义》《昆仑八仙东游记》等。后来,到了明朝的时候,在这些话本和一些民间生动传说的基础之上,许仲琳经过了艺术加工,创作出了我们今天所见到的一百回的章回体小说《封神演义》。

　　《封神演义》的故事选取的时代背景是我国的商灭周兴的时代。具体的故事发展也主要是沿着武王伐纣的故事脉络展开的。我国的商周时代,距离现在已经有着几千年的历史,关于那一时期的确切记载较少,因此也就给了读者更多的想象空间。

　　《封神演义》以其篇幅巨大、奇思妙想和故事严谨而著称。作者从纣王进香女娲宫开始写起,一直写到纣王摘星楼自焚,姜子牙封神,将一个改朝换代、风云激荡的时代通过阐教、截教的正邪之争,通过各位高人的法术较量,向读者多姿多彩地展现出来,引人入胜。

如今，哪吒、杨戬、姜子牙、雷震子、土行孙甚至闻仲、申公豹这样一个个性格鲜明的人物几乎已经家喻户晓。这其中既有历史上真实存在过的姜子牙等，也有完全是杜撰出来的哪吒等。总之，他们都是通过一部《封神演义》一起鲜活了起来，并且活在读者的心中。这就是文学作品的魅力所在，也是作者留给读者的精神财富。

虽然作者是以神怪故事入手来展开情节的，但这不是封建迷信，而是一种艺术表现。并且作者写的故事虽然有可能显得荒诞不经，但是里面所体现出的做人道理却是实实在在的。因此，《封神演义》的确称得上是我国文学史上的一朵奇葩。

原书共有一百回，这一百回中难免有封建文人的烦冗拖沓，因此在改编这部作品的时候，笔者力求把握故事的主线，将精彩之处再画龙点睛，在拖沓之处一笔带过，努力地将作者的行文风格保持原样，也努力地将个性鲜明的人物描摹得活灵活现。

改编这部书的时候，笔者从中体会到了一种阅读的快乐。那么亲爱的读者，您能不能在读这部改编作品的时候也收获到阅读的快乐呢？我怀着虔诚之心等待着您的答案。

编　者

目录

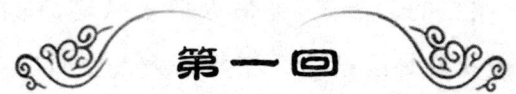

第一回
纣王进香女娲宫
苏护送女入朝歌

　　商王帝乙去世的时候,向太师闻仲托孤,将自己的儿子殷寿托付给闻仲,殷寿也就是纣王。此时在朝中,文有太师闻仲足以安邦,武有镇国武成王黄飞虎足以定国,后宫有明白事理的姜王后掌管,一时间国泰民安。但在纣王登基第七年的头上,北海七十二路诸侯袁福通等领兵造反,太师闻仲奉旨领兵北伐。

　　一天,纣王上早朝,侍官喊道:"有本早奏,无本退朝。"此时丞相商容跪倒说道:"明天是三月十五,是女娲娘娘的诞辰,请大王前往女娲宫上香。"纣王问:"女娲有什么功德,要让我亲自前往上香?"商容回答说:"女娲娘娘是上古神女。当时天塌地陷,女娲娘娘炼石补天,有功于百姓啊。今天我们商朝能够风调雨顺,也全靠女娲娘娘的保佑啊。"纣王说道:"如此说来,我就亲自去上香吧。"

　　第二天,纣王领着文武百官,浩浩荡荡前往女娲宫上香。到了女娲宫,只见女娲宫里金碧辉煌,华丽漂亮。而画像上的女娲更是容貌清丽,国色天香。纣王一见,神魂颠倒,就起了淫心。他心想:我贵为天子,有着三宫六院,但是没有一个妃子长这么漂亮的。于是,他命人取来纸笔,在墙上题诗一首,大意是说我要是能把这么漂亮的美人娶回去做妃子该是多好啊!纣王刚题完诗,商容过来劝道:"女娲娘娘是上古的大神,保佑着我们风调雨顺,人们安居乐业,大王您不该对女娲娘娘这么不敬啊,赶紧把诗涂掉吧。"纣王并不理会,领着百官回宫了。

纣王刚走不久,女娲娘娘就下凡降临到女娲宫。金童玉女们向女娲娘娘施完礼,女娲娘娘猛抬头看见了墙上题的诗,顿时大怒:"纣王如此荒淫无道,看来商朝的气数该尽了,我就给他个因果报应。"说罢,招呼碧霞童子前往商朝都城朝歌。

此时在朝歌,纣王的两个儿子殷郊和殷洪正在拜见纣王。正在行礼时,突然他们的头顶上出现了两道红光,这红光直冲天空。女娲娘娘正在云中驾着青鸾腾云时,突然被两道红光挡住了去路。女娲娘娘根据这红光推算,原来商朝还有二十八年的气数,目前还不能取纣王的性命,于是驾着青鸾有些失望地回女娲宫了。

回到女娲宫中,女娲娘娘叫彩霞童儿取来了一个金葫芦,她揭开壶盖,用手一指,只见一道白光从壶口射出,高有四五丈。白光之上悬着一道幡,闪烁着五彩,原来这幡叫作"招妖幡"。幡一打开,不一会儿,阴风阵阵,雾气腾腾,天下群妖都来到女娲处听从吩咐。女娲娘娘吩咐彩云童儿:"只留下轩辕坟中的三妖,让其他妖都回去吧。"

轩辕坟中三妖前来拜见女娲娘娘,这三妖一个是千年狐狸精，一个是九头雉鸡精，一个是玉石琵琶精。女娲娘娘吩咐道："三妖听我密旨，商朝的气数已尽，而西周已经有圣主诞生。你们可以变成人形，去迷惑纣王，等到武王伐纣，助武王成功。但是千万不可残害百姓。事成之后，你们都可以得道成仙。"三妖连声答应。

再说纣王，自从去女娲宫进香，看见女娲的美貌后，开始吃不下、睡不安。一天，纣王突然想到可以让他的宠臣费仲、尤浑帮忙想想办法。费仲给纣王出主意说："大王不必发愁，叫东西南北四路诸侯各选百名美女送入宫中，定有大王喜欢的。"纣王高兴地说："好，我明天就下旨。"

第二天早朝，纣王果真下旨要四路诸侯各选百名美女入宫。纣王的旨意刚下完，商容就跪倒在地，大声说道："大王后宫已经有美女千人，现在各地水旱灾害多发，北海的叛乱还没有完全平定，您又要选美女入宫，恐怕会惹得天怒人怨，大王三思而后行啊。"纣王无奈，只好收回旨意，选美女的事暂时放下。

到了第二年的四月，四路大诸侯率领众多的小诸侯一起到朝歌朝见纣王。四路诸侯分别是东伯侯姜桓楚，南伯侯鄂崇禹，西伯侯姬昌，北伯侯崇侯虎。各路诸侯知道闻太师不在朝中，费仲、尤浑专权，因此都给二人送礼物，但是唯独冀州侯苏护没有送礼。费仲、尤浑在清点礼品时，发现苏护没有送礼，顿时心中大怒，怀恨在心。

纣王择了一个黄道吉日，在早朝上接见了各路诸侯。退朝后，纣王问费仲和尤浑："你们以前说让各路诸侯进献美女,但是被商容劝阻了,现在正好四路诸侯都在,明天就叫他们回去给我选美女,怎么样?"费仲说:"丞相商容劝阻大王,大王采纳了商容的意见,这是美德啊,现在重提旧事,恐怕不好。我知道冀州侯苏护有个女儿妲己,美若天仙,不如就选她一人入宫吧,这样也不会惊动天下百姓。"纣王连连称赞,就命人传唤苏护。

苏护到后,纣王向苏护说明了想法,本以为苏护一下子成了皇亲国戚会高兴,不料苏护反倒板起面孔,大声说:"大王应该勤俭爱民,而不应该贪图女色,这样将愧对先王,愧对社稷啊。"纣王听后,勃然大怒,命左右将苏护推出去斩首示众。费仲、尤浑二人赶忙上前劝阻:"大王,不能斩啊,杀了苏护,天下百姓一定会指责大王轻贤臣、重美色,不如放了他,他还会感激您,感激之余自然会把女儿送进宫来的。这样您既得到了虚心纳谏的名声,又得到了美人,一举两得。"于是纣王放了苏护,让他马上离开朝歌。

苏护出了朝歌,来到驿站,他的家将们正在那里等他。家将们询问情况,苏护大骂道:"无道昏君,贪图女色。闻太师不在,费、尤鼓动昏君,以为放了我,我自然会因为感激把女儿送进宫中。唉,我该怎么办呢?"众家将说:"不如反了,既可以保护我们的宗庙,又可以保护一家老小。"苏护当时在气头上,也就答应了,并写下一首反诗,然后与家将一起快马回奔冀州。

纣王见了反诗,火从心头起,急命姬昌和崇侯虎领兵攻打冀州。崇侯虎本就是个贪婪残暴的人,这回接了圣旨,心想攻打冀州，一定可以得到好多东西，于是领兵先行。这一天，崇侯虎的兵马到了冀州，正遇上苏护的大军，两军对垒。

第一天开战，苏护一方连杀崇侯虎几员大将，崇侯虎垂头丧气地下令收兵。晚上，崇侯虎正在大帐内借酒浇愁，突然喊杀声震天，原来是苏护派人趁着夜晚前来偷袭了。崇侯虎狼狈地穿上盔甲，慌忙败逃。崇侯虎正领着残兵败将一路狂奔，突然看见前边有大队人马，顿时吓得魂不附体。等到仔细一看，才看到一个黑脸虬髯大汉，骑着火眼金睛兽，手提两柄板斧，原来是自己的弟弟崇黑虎。崇侯虎见了弟弟，这才放下心来。

苏护的追兵见了崇黑虎，急忙回报苏护。苏护一时低头不语。原来，苏护知道崇黑虎武艺高强，整个冀州城怕没有一个人能赢得了他。这时苏护的大儿子苏全忠沉不住气了，不顾父亲劝说，打马来到崇黑虎的军前，要崇黑虎出战。崇黑虎笑着说："全忠贤侄，还是叫你父亲来吧，我有话说。"苏全忠年轻气盛，不容分说，举戟就刺。崇黑虎大怒，与苏全忠交了手。这一交手，崇黑虎发现这小伙子果然善战，一时半会还真难取胜，不如用其他的办法赢他。

想到这儿，崇黑虎假装败退，苏全忠不知道这是诈败，紧追不舍。突然，崇黑虎举起了一个红葫芦，葫芦里冒出一道黑烟，紧接着从黑烟中飞出无数铁嘴神鹰，向苏全忠和他的马啄来。不一会儿，苏全忠被神鹰啄伤，滚落马下，被崇黑虎生擒。原来，崇黑虎曾拜截教真人为师，葫芦就是师傅所赠。

抓了苏全忠，崇侯虎想马上把他斩首，但是崇黑虎并不同意,他劝哥哥说:"杀苏全忠易如反掌,但是万一哪天妲己真做了妃子,我们杀了她的哥哥,她定会报仇的,对你我兄弟不利。"见崇黑虎这么说,崇侯虎也就同意不杀。

再说苏护,长子被人活捉了去,自己却没有办法,想来想去,不如一家老小都自杀了事。正在长吁短叹,他的部下郑伦押送粮草来到了。郑伦听苏护诉说了前因后果,拎了自己的两柄降魔杵,也骑了火眼金睛兽,领兵出城,要与崇黑虎一战。

二人一交手,打了个势均力敌。郑伦见状,先下手为强,只见他鼻子中一声巨响,两道白光喷了出来。原来郑伦曾拜西昆仑杜厄真人为师,杜厄传给他鼻窍二气,可以震人魂魄。崇黑虎一时间只觉得头晕眼花,栽落马下,也被生擒活捉。崇黑虎被押到苏护面前,苏护赶忙给崇黑虎松绑,原来二人是拜把兄弟。崇黑虎此来原本也是为了给苏护解围,只是苏全忠年轻不懂事才弄了许多麻烦出来。

崇黑虎被捉使崇侯虎又遭受了打击。正这时,西伯侯派来的使臣散宜生求见。崇侯虎见姬昌自己没来,派了个使臣来,而自己却损兵折将,很不高兴,言语间也表露了这个意思。散宜生说:"用兵打仗,是不得已采用的手段。现在我主的一份书信就能解决问题,何必亲自前来呢?"于是,散宜生入冀州求见苏护,将西伯侯的信交给了苏护。信中痛陈利害得失,指出不如牺牲妲己一人,一来可以保全苏氏家族;二来可使诸侯之间和睦,罢兵不战;三来可以使冀州百姓免遭战祸。

读完信后，苏护和崇黑虎都觉得有道理，就准备进献姐己。见苏护主意已定，崇黑虎也就骑了火眼金睛兽，返回自己的大营。崇侯虎见弟弟返回，赶忙询问情况。崇黑虎一脸不悦，斥责哥哥说："都说龙生九子，九子不同。我和你是一奶同胞，性格却大不相同。苏护被逼造反，就你偏偏先领兵讨伐，弄得个损兵折将。你也是一大诸侯，成天不寻思好好辅佐天子，竟干些小人勾当，从此与你一别，你我兄弟的缘分也就尽了！"说罢，崇黑虎命人放了苏全忠回去，自己也带着人马走了。

苏全忠回到冀州城，苏护命他好好镇守冀州城，第二天自己带了女儿姐己，点了三千人马，前往朝歌，面君请罪。姐己听说父亲要将自己献给纣王，泪下如雨，但是为了保全家人，保全冀州百姓免受刀兵之苦，她也只有牺牲个人去侍奉昏君了。

这一日傍晚时分，苏护一行来到了恩州。恩州驿的驿丞早已在前等候，苏护就命驿丞收拾驿站，准备安歇。驿丞面有难色地说："侯爷，这驿站三年前出了一个妖精，此后就没有人敢在驿站里安歇了。侯爷您还是住帐篷安全些。"苏护大怒："我女儿将是天子的妃子，惧怕什么妖精，就在驿站里安歇！"驿丞无奈，赶紧收拾了驿站，将姐己安置在后堂。安顿妥当，苏护也犯起了嘀咕：驿丞说这里有妖精，还是小心些好。于是他手提豹尾鞭，各个屋子转了转，转到女儿的房里见姐己已经睡着，没有什么事，就放下心来。

三更时分，忽然起了怪风，风声诡异。苏护正在疑惑，就听见丫鬟大叫："有妖精啊！"苏护赶忙前往后堂，见妲己仍在熟睡，赶紧叫醒她，问道："孩子，刚才丫鬟说有妖精，伤到你没？"妲己揉着眼睛说："我正在做梦，没见着什么妖精啊。"苏护这才放心，但是他不知道，此时和他说话的已经不是他的女儿妲己了，而是千年狐狸精。就在丫鬟大叫之时，狐狸精已经吸了妲己的魂魄，然后自己附身在妲己身上。

第二天，苏护依然领着人马匆匆赶路。这一日到了朝歌。苏护先叫人拿了自己的书信去拜见武成王黄飞虎，邀黄飞虎与他一同面君，一旦纣王有什么怪罪，也好靠黄飞虎给讲个情。黄飞虎爽快答应，与苏护和妲己一同来见纣王。纣王原本对苏护一肚子怨气，但见妲己果真美若天仙，齿白唇红，不觉心神荡漾，不仅赦免苏护，还大加赏赐。

当日，纣王就与妲己洞房花烛，此后更是夜夜在寿仙宫与妲己歌舞，不知不觉已经两个月没有上早朝了。

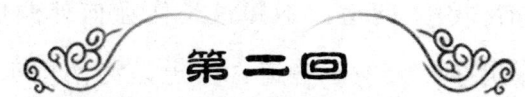

第二回

云中子进剑除妖
狐狸精祸乱宫廷

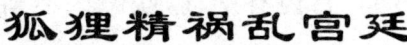

　　话说终南山有名得道千年的神仙,名叫云中子。一日闲来无事,提着水火花篮,准备去虎儿崖采药。正在腾云驾雾,忽然见东南方向有一股妖气直冲云霄。云中子仔细一看,自言自语道:"原来是千年狐狸精附身人体,如今躲在宫中,我得除了这祸害。"说罢,云中子叫金霞童子取了一段松树枝,削成木剑,然后脚踏祥云,奔朝歌而来。

　　再说纣王,终日与妲己歌舞取乐,不上早朝,弄得满朝文武纷纷抱怨。这一天,纣王正在摘星楼喝酒,听见大殿上钟鼓齐鸣,这是满朝文武请纣王上朝。纣王无奈,只得放下酒杯,来到九间殿会见文武百官。丞相商容、武成王黄飞虎等人抱了厚厚一摞奏章请纣王批阅。纣王正对着这些奏章头疼,忽然有午门官前来禀报:"启禀大王,有一自称是终南山云中子的道士求见,说有大事请大王定夺。"纣王心想,管他有什么事,反正让这道士进来陪我聊聊总比看这些奏章好,于是宣云中子进殿。

　　只见云中子仙风道骨,左手提着水火花篮,右手轻摆拂尘，来到殿前。纣王问道："不知道长住在何处洞府，有什么大事要请朕定夺？"云中子答道："贫道是终南山玉柱洞修行的云中子，今日来见大王，是因为见朝歌宫廷之内有妖气升腾。"纣王笑着问："宫内有妖气，朕怎么不知道？"云中子说："大王若是知道有妖，这妖就不敢来了。现在我手中有一把松木剑，只要大王把它挂在分宫楼上，三日内就可以除妖。"纣王半信半疑，但是一想挂上也无坏处，就让人将松木剑挂在了分宫楼上。纣王想留云中子在朝为官，但是被云中子婉言谢绝了。大臣们等云中子走后，想要再谈奏章的事，但是纣王借口自己累了，早早退朝。

退朝后，纣王赶忙前往寿仙宫去见妲己，但是却见妲己面似白纸，痛苦不堪。纣王忙问："美人，你这是怎么了？"妲己有气无力地说："刚才我想去迎接大王退朝，但是走到分宫楼看见一把宝剑高悬，吓出一身冷汗，现在感觉自己就快要死了。"其实，正是云中子的那把松木剑镇住了这千年狐狸精。纣王看见妲己如此，大骂道："都是那臭道士，欺骗朕有什么妖怪，现在吓了美人。定是那道士存心想谋害美人。来人，快快烧了那松木剑。"不一会儿，松木剑化为灰烬，妲己也恢复如常。

云中子还没离开朝歌，就见宫中妖光又起，大为失望，袍袖一甩，回了终南山。朝歌有一位忠臣杜元铣能夜观星象。当晚他夜观星象，见宫内有妖气，因此写好奏折，准备第二天呈给纣王。第二天纣王又没有上朝，杜元铣正失望的时候，忽然碰见了丞相商容，商容问明情况，就带杜元铣直闯后宫。按理说，大臣是不能进入后宫的，但是此时商容已经顾不得那么多了。等到商容和杜元铣到了分宫楼前，被侍卫拦住。商容说道："我有要事要见大王，请帮助传报一声。"纣王听到传报，无奈地说："虽说后宫不许大臣进入，但商容是三朝老臣，就让他来寿仙宫奏事吧。"商容进了寿仙宫，跪倒在地，将杜元铣夜观星象的事说了一遍。纣王一听又说有什么妖气，心中很不高兴，在一旁的妲己又过来添油加醋地说："刚有道士献什么松木剑，现在杜元铣又说什么夜观星象，都是妖言惑众，他们两个必然是相互勾结，大王可不能轻饶啊。"纣王一听，连连称是，先是命人将商容轰出了大殿，然后又让人绑了杜元铣，准备马上开刀问斩。

这时妲己凑到纣王耳边，轻声地说："大王，先不忙杀他，让我制造一种酷刑，好好折磨折磨这妖言惑众之人，以后也好给满朝文武一个下马威，免得人人都想指责大王。"纣王连声说好，妲己就开始研制酷刑。

再说商容，一见一位忠心耿耿的大臣大祸临头，即将惨死，自己作为丞相却无能为力，心中懊恼，于是向纣王请求辞官归故里。纣王正讨厌这个商容总来烦他，现在看见有了这么好的一个机会，就赶忙夸奖了商容作为三朝元老的功劳，给了赏赐，让商容告老还乡。

商容辞官放下不表，话说这一日妲己的酷刑制造完毕，取名为炮烙。是高约两丈、直径约八尺的大铜柱，铜柱中间有三层火门,往火门里填火,能把铜柱烧得滚烫通红。第二天,纣王上了早朝,文武百官一一到齐。武成王黄飞虎见大殿东侧树立着二十根巨大铜柱,百思不解。不一会儿,只见侍卫将杜元铣押上大殿,不由分说,先把杜元铣的衣服扒掉,然后捆住他的手脚,往炮烙柱上一推,一个大活人顿时被烧得没了皮肉筋骨,满朝文武无不惊得一身冷汗。

纣王炮烙了杜元铣,不仅没有怜惜忠臣,反倒满心欢喜。回到寿仙宫,又与妲己纵情声色。不知不觉已经到了二更天,寿仙宫的乐曲之声依然持续不停。这时来了一阵风,将这乐曲吹进了姜王后的耳朵里。姜王后问随从:"这是从哪儿来的乐曲声?"随从答道:"这是大王在寿仙宫与苏娘娘宴饮。"姜王后叹息说:"大王宠信妲己,造炮烙残害忠良,我得前往寿仙宫劝劝大王。"姜王后来到寿仙宫,纣王给姜王后赐了座,而妲己因为身份低于姜王后只能站在一旁。

纣王吩咐妲己道:"妲己,快快给王后歌舞一曲,也让王后看看你的舞技,高兴高兴。"妲己说舞就舞,姜王后则低头不语,也不看妲己的歌舞。纣王见了,一脸不快,问姜王后:"如此良辰美景,大好歌舞,王后怎么不欣赏?"姜王后起身离座,跪倒在地:"大王不该终日和妲己歌舞宴饮,应以国事为重。如今大王受妲己蛊惑,造炮烙,杀大臣,已经有很多人不满,希望大王以后能够端正言行,这是我商朝的大幸啊!"纣王这时已有了醉意,听了姜王后的话,大发雷霆,命人将姜王后拖走,又叫妲己继续歌舞。妲己哭着说:"妾身以后再也不敢歌舞了,让王后见了,必得责骂。"纣王说:"不用担心,哪天我废了那贱人,让你做王后。"

姐己在纣王面前受了姜王后的责骂,一直心气难平。想找个办法来除掉姜王后,这样她才能在宫中立稳脚跟。忽然她想到了一个人,这个人必然有办法,他就是费仲。一天,姐己派人给了费仲一道密旨,费仲打开密旨一看,吓出了一身冷汗。他心里暗自叫苦:叫我想办法除掉姜王后,这姜王后可是东伯侯姜桓楚的女儿。姜桓楚有雄兵百万,长子姜文焕更是勇冠三军,我怎么惹得起!可姐己又是大王宠妃,我若不帮她,她在大王面前说上我几句坏话,我的脑袋可就马上不保了。费仲正在犹豫之际,忽然看见面前走过自己的一个家将,原来是姜环。这姜环原本是姜桓楚的家将,五年前投靠了费仲。看见姜环,费仲计上心来。

一日,纣王正在寿仙宫闲得无聊,姐己上前说道:"大王已经有半个月不曾上朝,我知道这是大王怜惜妾身,但是大王也要以国事为重啊。"纣王听了这话,觉得姐己真是通情达理,马上吩咐文武百官第二天上早朝。第二天一早,当纣王准备上朝,走到分宫楼前时,忽然蹿出一个蒙面大汉,口中喊着:"无道昏君,今奉王后之命杀了你!"喊完就提着宝剑向纣王追来,但没等这刺客近前,就已经被侍卫抓住了。

纣王大怒,上朝之后,就命人将刺客推上大殿,问谁能审理这刺客一案。不等别人答话,费仲上前跪倒:"臣愿为大王分忧,审理刺客。"纣王见是费仲,点头称好,将刺客交给了费仲。不一会儿，费仲返回大殿，说已审完刺客。纣王问："结果如何？"费仲答道："臣不敢说，须大王赦免了臣的冒犯之罪，臣才敢说。"纣王道："我赦免你，快快说来！"费仲答道："刺客名叫姜环，原是姜桓楚家将，现在奉了王后之命来刺杀大王，意在让姜桓楚谋朝篡位。"纣王听后不问青红皂白，即刻命人捉拿姜王后，交给西宫黄贵妃审问。

这黄贵妃本是黄飞虎的妹妹。姜王后见了黄贵妃，向黄贵妃哭诉自己并没有谋杀大王之心。黄贵妃也通情达理，审讯之后回复纣王："姜王后对大王一片忠心，刺客乃是栽赃陷害。姜王后如今已经贵为国母，长子殷郊已经立为太子，她为什么要谋反？再说姜桓楚已经是四大诸侯之一，还是皇亲国戚，位极人臣，怎么会糊涂到刺杀大王？"百官听后也频频点头称是。此时，妲己走上殿来，一阵冷笑。纣王问她为何冷笑，妲己道："大王被黄娘娘骗了。怎么可能有人会糊涂到承认自己要刺杀大王呢？不用大刑，姜王后是不会招的。"纣王一听，又觉有理，于是听信妲己之言，将姜王后剜去了一只眼，炮烙了双手，但是姜王后仍然宁死不招。纣王见状，不知如何是好。妲己在一旁说："可以叫晁田、晁雷兄弟押姜环和姜王后对峙。"纣王正没主意，听后准许照办。

此时，已经有人将姜王后被陷害之事告诉了东宫太子殷郊和二殿下殷洪。殷郊这时十四岁，殷洪十二岁。殷郊、殷洪赶忙前往西宫，只见母亲已经血肉模糊。两位殿下看在眼里，疼在心上，抱住母亲大声痛哭。正这时，晁田、晁雷兄弟押解姜环到了西宫,向黄贵妃禀报。姜王后听见姜环已到,强忍着剧烈疼痛,大骂道:"你个大胆逆贼,是谁买通了你让你陷害我?"姜环自恃有费仲在背后撑腰,并且许诺保他不死,因此仍旧像疯狗一样咬住不放:"娘娘,这是您指使小人干的啊,您怎么不承认了呢?"姜王后听到此处,气得血脉上涌,一口鲜血喷了出来,倒地气绝。殷郊见母亲惨死,怒不可遏,取下宫门上悬挂的一把宝剑,手起剑落,将姜环劈成两半。接着殷郊手提宝剑,快步如飞,直奔寿仙宫,边走边骂:"让我再杀了妲己为母亲报仇!"晁田、晁雷见状,撒腿如飞禀报纣王。

这时黄贵妃连忙叫殷洪将殷郊追赶了回来,对殷郊说:"殿下,你太暴躁了。你现在杀了姜环,死无对证,就无法知道他是受谁主使了。妲己还得诬陷你杀人灭口。"殷郊一听,恍然大悟,不知如何是好。黄贵妃说:"你们兄弟现在赶紧去九间殿,那里文武百官还都在等着听姜王后一案的原委,你们去那里,肯定有大臣会力保你们的。"

再说晁田、晁雷兄弟向纣王回禀:"太子手持宝剑奔寿仙宫而来。"纣王大怒:"好个逆子,想要杀我不成。你们拿着我的龙凤剑,将两个逆子的人头拎来!"晁田、晁雷领命,去捉两位殿下,但是寻遍后宫不见踪影。此时两位殿下已经到了九间殿,将母亲惨死的事一五一十告诉了满朝文武。说罢,放声痛哭。文武百官群情激愤,这时只听有人喊道:"无道昏君,杀妻弃子,我们不如保着殿下反出朝歌!"众人一看,原来是镇殿大将军方弼、方相兄弟二人。不等大伙缓过神来，方氏兄弟已经保着两位殿下出了大殿，奔朝歌南门而去。

方氏兄弟刚走，晁田、晁雷提着龙凤剑来到九间殿，得知两位殿下已被方氏兄弟救走，急忙回报纣王。纣王一听，命大将殷破败、雷开马上率领兵马追赶。但是兵马都在黄飞虎手上，殷破败、雷开手持纣王给的兵符也要前去黄飞虎那里调兵。黄飞虎可怜两位殿下的遭遇和赞赏方氏兄弟的义气，因此给殷破败、雷开拨了三千老弱病残的士兵。带着这些兵追赶，怎么能赶上，于是殷破败、雷开分别领了五十名精兵先行追赶，一路奔东，一路奔南。因为东方是东伯侯姜桓楚之地；南方是南伯侯鄂崇禹之地，他与姜桓楚是莫逆之交。而两位殿下也真的一位向东，一位向南。方弼、方相兄弟则因为害怕人多招摇，况且有些人认得他们兄弟二人，因此拜别了两位殿下，向西逃走了。

殷洪这一日往前行进，疲劳难耐，看见路旁有座轩辕庙，打算进去歇息片刻，但是这一歇就睡着了。雷开骑马向南追赶，也觉得疲劳了，忽然见路旁有座轩辕庙，就打算带人进去休息一下。他们一进庙门就见着了熟睡中的殷洪，这真是踏破铁鞋无觅处，得来全不费工夫。再说殷郊，往东行进，忽一日觉得又渴又饿，见前方有一座大的宅院，打算进去讨口饭吃。叩开门才发现，这原来是老丞相商容的府第，两人相见，抱头痛哭。哭罢，商容赶忙命人准备饭菜。正在殷郊大口吃饭的时候，追兵赶到，殷破败不由分说将殷郊绑了，押回朝歌。

两殿下死里逃生

　　纣王见两个儿子被捉,不顾众大臣的劝阻,将殷郊、殷洪押往法场准备行刑。刽子手的屠刀亮晃晃往空中一举,就要手起刀落。忽然狂风骤起,将两位殿下卷得没了踪影。原来是太华山云霄洞赤精子和九仙山桃源洞广成子,闲来无事,脚踏祥云游览山川,正行至朝歌上空,忽然被两道红光挡住了去路。两位大仙拨开云雾往下一看,原来是两位殿下被绑赴法场,正是这二人头顶红光冲到云霄。赤精子对广成子说道:"这二人命不该绝,不如你我各带一个回山,收为徒弟。"广成子点头称好,于是赤精子一挥袍袖,起了一阵大风,将两位殿下带走。

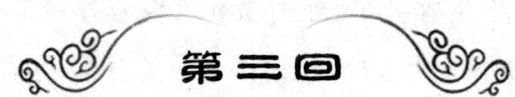

第二回

商容撞死九间殿
姬昌受困羑里城

两位殿下被风卷走，弄得纣王非常疑惑。但是黄飞虎等人却万般庆幸，心想定是哪位高人见两位殿下有难出手相救。此时，老丞相商容已赶到朝歌。原来当太子殷郊被殷破败抓走之后，商容也马上启程，准备到朝歌拼了自己的老命也要保护两位殿下。到了朝歌，商容知道两位殿下已被大风卷走，不知是福是祸，但是也没有办法。

商容心想：我刚刚辞官不久，宫廷就出现了这么大的变故，王后被杀，太子不见了踪影，这样下去，大商就离灭亡不远了。想到此，商容前往九间殿，敲响殿前的大鼓，请纣王上朝。纣王正为大风卷走了两个儿子的事大为恼火，又听见有人击鼓催自己上朝，气上加气。等纣王上了朝一看，跪着的原来是商容，就不高兴地问："老丞相已经告老还乡，现在没有我的旨意，你怎么又来京城？"商容跪行几步，泪流满面："大王，老臣刚刚离去不久，大王先是炮烙了杜元铣，然后杀王后，现在又要将太子斩首，一桩桩，一件件，都有悖伦理纲常。您若只知道宠幸妲己，残暴无度，大商就要在您手里亡国了！到时您有什么面目去见列祖列宗？"纣王一听，火冒三丈,命左右将商容绑了,殿前击死。商容挣脱开侍卫,大喝道:"我商容不怕死,怕的是你这昏君让社稷不保!"说完,商容一头撞向殿前的盘龙柱,这七十五岁的老臣顿时血染衣襟,死在朝堂。

文武百官见商容撞死,都心中一惊。纣王见此,并不多言,退朝返回寿仙宫。见了妲己,纣王道:"已造了炮烙,大臣竟然还不惧怕我,还得造更酷的刑具,惩治惩治这帮胆敢指责我的人。美人,我现在就封你为王后,替我分忧。"妲己躬身施礼:"谢大王,我一定制造一种更厉害的刑法。"正这时,费仲请求进见,纣王宣他入寿仙宫回话。费仲见了纣王,跪倒在地,满脸忧愁地说:"大王,如今姜王后已经身亡,如果此事被东伯侯姜桓楚得知,他必然率兵前来报仇。而南伯侯鄂崇禹是姜桓楚的至交,也必定一同起兵。现在老太师闻仲征伐北海未回,如此一来,朝歌就将有难了啊。以微臣之见,我们不如先发制人,把东西南北四大诸侯除掉,这样其他的八百镇小诸侯也就不敢闹事了。"纣王听了此言,先是惊出一身冷汗,等听完费仲的主意,连连称好。

且说这一日朝歌的使节来到了西岐,这是西伯侯姬昌的地方。使节宣读了纣王的诏书,大意是说现在国事繁多,召四大诸侯入朝歌共商国家大事。姬昌领旨谢恩,送走了使节,第二天召集自己手下的文武官员到端明殿议事。姬昌吩咐上大夫散宜生说:"我这一去,内事就托付给你,外事就托付给南宫适,你们要好好辅佐伯邑考治理西岐。"又对长子伯邑考说:"我昨天卜了一卦,我这一去就得七年,你在西岐,要处处多听散宜生和南宫适的。但是切记,我走后千万不要派人到朝歌来探望我,七年后我自然安然无恙地回来。"嘱咐完政事之后,姬昌又到后宫与母亲、妻子辞行。

又过一夜,第二天,姬昌打点行装,带领着五十名家将随从赶往朝歌。这一天,姬昌一行已经连着走了七十多里路,过了岐山,来到了燕山脚下。姬昌对家将们说:"你们快去附近看看有没有人家可以避雨,大雨马上就要来了。"家将们很纳闷,有人议论说:"晴空万里,怎么会有雨呢?"但是没等这话说完,已经是风起云涌。姬昌忙命家将到大路旁的密林中避雨。顷刻间,大雨倾盆,下了有半个时辰。姬昌忽然吩咐随从:"小心了,有雷来了!"话音未落,一道闪电,紧接着一声巨雷,震天动地。雷声过后,顷刻间云散雨收,烈日当空。

姬昌又忙吩咐家将:"雷过见日,必有将星出现,你们速速到周围寻找。"家将们又是不解,但也只有领命,四下寻找。忽然有人在一个古墓旁边发现了一个正在啼哭的婴儿,这婴儿面如桃蕊,眼角生光,想必就是将星,赶忙抱给姬昌看。姬昌一见,满心欢喜。自言自语道:"我命中该有百子,但是现在只有九十九个,得到此子,正是百子啊。"说罢吩咐左右继续赶路,寻一户农家将孩子寄养,七年后再来相认。走出没多远,只见路中站着一位相貌清奇的道士,向姬昌施礼道:"君侯,贫道有礼了。"姬昌连忙下马回礼,客气地问:"不知道长来自哪座名山,可有什么事吗?"道士答道:"贫道是终南山玉柱洞的云中子,知道此处有将星出现。如今君侯已经将这将星收为义子，可喜可贺。贫道也想把他收为徒弟，您看可好？"姬昌喜出望外，连连称好，问道："只是日后我若与这孩子相认，该叫他什么名字呢？"云中子一笑，说："那就叫他雷震子吧。"说罢，这云中子和雷震子都不见了踪影。

一路无话，姬昌到了朝歌，进驿馆休息。东伯侯姜桓楚、南伯侯鄂崇禹、北伯侯崇侯虎已经先到了。四人见面，先是寒暄了一番，然后摆上酒宴，把盏痛饮。四人的酒越喝越多，渐渐也口无遮拦。鄂崇禹知道平日崇侯虎和费仲、尤浑交往亲密，就挖苦崇侯虎："天下诸侯以我们四人为首。而您却经常贪财枉法，还结交费仲、尤浑这样的小人，我劝您以后改改吧。"这话将崇侯虎说得火冒三丈，两人厮打在一起。姜桓楚和姬昌赶紧过来劝架，但都明显偏向于鄂崇禹。崇侯虎自知没趣，就一甩袖子去睡觉了。其他三人重摆酒宴，继续畅饮。这时，姬昌忽然听到伺候酒菜的一名驿卒中有人低声言语："唉，你们今夜传杯欢饮，只怕明日鲜血染市曹。"姬昌赶紧叫自己的家将进来，将伺候酒菜的驿卒统统拿下，问是谁说的刚才那句话。见这阵势，说话的驿卒只得承认。

原来这驿卒叫姚福，他原是费仲的家将，奉命在此监视四路诸侯。他见一切都藏不住了，就将姜王后屈死，两位殿下被风刮走，纣王立妲己为王后以及纣王与费仲设下圈套，在明天早朝之上寻个借口将四路诸侯诛杀的事一五一十地说了。姜桓楚闻听自己的女儿惨死，心如刀割。姬昌宅心仁厚，劝姜桓楚道："明日早朝，我们直言进谏，请大王给姜王后的惨死一个说法，就不信大王会连个说话的机会都不给我们。"其他人也只有点头同意。

第二天早朝,四方诸侯皆有奏章,亚相比干将奏章递给纣王。但是纣王看也不看奏章,直接就治姜桓楚刺杀国君的谋逆之罪。姜桓楚还没来得及辩解,就已经被押到殿外,乱刀分尸。可怜堂堂四大诸侯之一,就这样不明不白送了性命。姬昌、鄂崇禹、崇侯虎见状,一起跪倒殿前,齐声说道:"大王不看臣等的奏章就杀了东伯侯,这是虐杀,臣等不服。"纣王哪里肯听,吩咐武士把这三位诸侯也绑出午门,准备开刀问斩。这时费仲、尤浑跪倒启奏:"启禀大王,四大诸侯冒犯天颜,罪在不赦。但是崇侯虎历来忠心耿耿,此次也不过是迫于其他三人的压力,随声附和。因此希望大王饶恕崇侯虎,让他日后立功赎罪。"纣王早已十分信任费仲、尤浑,因此对二人言听计从,就下令放了崇侯虎。这下惹恼了黄飞虎、比干等人,他们也纷纷跪倒殿前,替姬昌和鄂崇禹求情。纣王也知道不能完全驳了众大臣的面子,一想姬昌向来老实忠厚,不会惹起大的波澜;但是鄂崇禹却是姜桓楚的至交,绝对不能放他回去。因此,纣王下旨暂且饶恕姬昌,但是将鄂崇禹同姜桓楚一样乱刀分尸。

次日早朝,怀有仁义之心的比干奏请将东伯侯和南伯侯收尸安葬,放姬昌回归封地,纣王准奏。比干领旨退下,纣王宣布退朝,这时费仲留了下来,对纣王说道:"姬昌外表忠厚,内怀奸诈,不能轻易放他走。"纣王一听,面有难色:"我已经准了比干的奏章,怎么能出尔反尔呢?"费仲道:"臣自有良策去试试姬昌的忠心。"

比干领旨之后，一面命人将两位诸侯安葬，一面自己赶往驿站，劝姬昌速速离开朝歌这是非之地。姬昌十分感激，第二天一大早就带领家将随从离开驿站，不大一会儿来到了十里长亭。在这里，黄飞虎、比干等人已经备好酒菜，为姬昌送行。众人正在欢饮，只见费仲、尤浑带着酒菜前来。送行的人见了这两个人都心中不快，因此与姬昌一一辞别。姬昌为人忠厚，虽然知道大家很讨厌这两个人，也知道他们口碑不好，但是见人家真诚来送行，也就以礼相待，与二人喝起酒来。在二人频频劝酒之下，姬昌不知不觉多喝了几杯。费仲趁机说："听说君侯擅长卜卦，而且卜得很准，不知是否如此？"姬昌笑答："阴阳之理自有定数，怎么会不准呢？"费仲接着问："那现在大王做了很多错事，结局会怎么样呢？"姬昌立即取了金钱，卜了一卦，叹口气说："大王不能善终啊。"不一会儿，尤浑问："那您算算我二人是什么结局呢？"姬昌又卜了一卦，十分困惑地说："这卦象很怪，从卦象上看二位应该是寒冰冻死。"费、尤二人苦笑了一下，一同问："那您自己的结局如何呢？"姬昌说："我自己以前也给自己算过，倒是能得个善终。"三人又闲谈了一会，费、尤二人辞别姬昌，飞马去见纣王。

纣王原本与妲己高高兴兴畅饮，听费、尤二人将姬昌卜卦的事一说，顿时气血上涌。费仲又说："姬昌说大王不得善终，却说自己能得善终，他不知道自己的命在大王您的手里吗？对姬昌一定不能轻饶！"纣王于是下令晁田火速前去捉拿姬昌。

再说姬昌，在费、尤二人走后，也知道自己酒后失言，叫家将们赶快上路。姬昌在马上想："我原本算了有七年之灾，现在却能平安而返？一定是我酒后失言会招来七年之灾。"正想着，晁田的追兵已到。姬昌对众家将说："你们赶紧返回西岐，我七年之后定然平安返回。"说罢，姬昌调转马头，跟随晁田返回朝歌。他们刚进朝歌城门，已经有人将此事报告给武成王黄飞虎。

纣王见了姬昌，想起说自己不得善终之事，眼中冒火，命左右将姬昌押到午门问斩。正这时，黄飞虎连同比干等人来到，苦苦求情。比干道："姬昌按照天理卜卦，卦象乃是天定，他不过是照实直言才触怒了大王。大王如果不信，可以让姬昌再卜一卦，卜得准就赦免了他，卜不准再杀他，也好让百官信服。"纣王见诸位大臣力谏，也只得准奏，命姬昌卜一卜眼下的吉凶。姬昌立即卜了一卦，一见卦象，大惊道："明天太庙将有大火，请大王命人将太庙里的祖宗牌位请走。"纣王问："明天太庙几时着火？"姬昌道："午时。"百官散去，姬昌被关押，只等第二天午时。费仲、尤浑二人命看守太庙的官员灭了所有的烛火，甚至连香都不准点，看这火从何起。

次日午时，百官正在焦急等待，忽然晴空一个霹雳，巨大的火球直冲太庙，顷刻间火光冲天。姬昌这一卦果然应验，纣王大为吃惊，不知该将姬昌如何处置。费仲在一旁献计道："大王只是许诺不杀姬昌，没说放他回封地，不如把他囚禁在小城羑里，这样也就少了后顾之忧。"于是姬昌被囚禁在羑里小城，这一囚就将是七年。

第四回
陈塘关哪吒出世
乾元山莲花化身

　　且说这一天乾元山金光洞太乙真人在山洞中闲坐，忽然听见昆仑山玉虚宫元始天尊门下的白鹤童子前来拜见。白鹤童子道："姜子牙不久下山，请师叔把灵珠子送下山去吧。"太乙真人点了点头。

　　话说陈塘关有一总兵，姓李名靖，自幼拜西昆仑山杜厄真人为师，学成了五行遁术。夫人殷氏生有两个儿子，长子金吒，次子木吒。此后殷氏又怀孕在身，已经三年零六个月，尚未生产。李靖经常暗自怀疑这夫人肚里的会不会是个妖精。

　　一天晚上三更，殷夫人忽然梦见一个道人走进了自己的寝室，正要指责，道人先开了口："夫人别怕，我是来给你送儿子的。"道人说完，将一物往夫人怀里一送。夫人猛然惊醒，出了一身冷汗。她赶忙把身旁的丈夫喊醒，刚要说梦中所见，突然感觉腹部剧痛，好像要生产。李靖赶忙命人伺候，不大一会儿，一个小丫鬟慌忙来报："夫人生下来一个妖精！"

　　李靖听说，手执宝剑，直奔寝室。只见房里一团红气，有一个肉球在滴溜溜旋转。李靖照着肉球就是一剑，肉球裂开，跳出一个小男孩，长得俊俏可爱，右手套一个金镯子，肚子上围着一块红绫。原来这孩子就是灵珠子化身，那金镯子是"乾坤圈"，红绫是"混天绫"，都是乾元山金光洞的镇洞之宝。李靖一见这孩子不像妖怪，过去将孩子抱起来递给夫人看，夫妇对这孩子十分喜爱。

第二天，李靖摆酒宴庆祝这第三个儿子的降生。李靖正在与客人寒暄，家将禀报有一道人求见。李靖连忙将道人请进府中，询问道人的来处。道人说："我是乾元山金光洞太乙真人，听说将军喜得贵子，特意过来道贺。"李靖赶紧命人将孩子抱了过来。太乙真人看了看，对李靖道："贫道有意收这孩子做徒弟，将军意下如何？"李靖高兴地说："求之不得。我的长子金吒拜五龙山云霄洞文殊广法天尊为师，次子木吒拜九宫山白鹤洞普贤真人为师。现在这第三子尚未起名，就请道长给起个名吧。"太乙真人略一思索，道："就起名哪吒吧。"说完袍袖一甩，不见仙踪。

话说李靖突然听闻，以姜桓楚之子姜文焕为首天下反了四百诸侯，李靖加紧操练兵马。而随着光阴流走，哪吒已经长到七岁。正是夏天，闲来无事，哪吒就见了母亲，请求出关去玩玩。殷夫人派了一个家将跟随，一主一仆，来到陈塘关外的河边玩。哪吒见那河水清澈，自己也走得汗流浃背，就脱了衣服坐在石头上，用混天绫蘸水洗澡。

哪吒不知道这河叫九湾河，乃是东海龙宫的入口。混天绫乃是法宝，他这一洗澡，镇得东海龙宫左摇右摆。东海龙王敖光急忙命巡海夜叉到九湾河察看。巡海夜叉来到水面一看,见是一个小孩在洗澡。巡海夜叉大叫一声:"你那孩子拿什么东西把龙宫震得晃动?"哪吒一见是个青面獠牙、手执大斧子的怪物,就反问道:"你这畜生是什么东西?"夜叉大怒:"你敢骂我是畜生!"说着挥动大斧子照哪吒头顶劈来。哪吒往旁一闪,将手中乾坤圈往上一抛,直打得夜叉脑浆迸裂,一命呜呼。哪吒收了乾坤圈,笑着说:"把我的圈子都弄脏了。"又到水里去洗乾坤圈,这下龙宫被震得更厉害了。

这时敖光已经接到龙兵报讯,说巡海夜叉已经被一个孩子打死。敖光火冒三丈,准备亲自领兵去看看。龙王三太子敖丙道:"父王,先让孩儿上去看看。"说完,敖丙领了龙兵,上了逼水兽,手持三叉戟,来到水面,水面上升起了数尺高的浪头,敖丙立于浪头之上。敖丙大喝:"是谁杀了我的巡海夜叉?"哪吒道:"是我。""你是谁?"敖丙问。哪吒道:"我是陈塘关李靖第三子哪吒。我在这里洗澡,谁让那畜生来惹我。"两人话不投机,打在一处,没有几下,哪吒将混天绫往空中一抖,将敖丙捆下了逼水兽,然后一脚踩住敖丙的脖子,用乾坤圈击打敖丙的脑门,直打得敖丙现出了原形,原来是一条龙,不过此时已经是一条死龙。哪吒口里念叨着:"把你这小龙的筋抽了,给父亲做一条带子。"手上真的就抽了敖丙的龙筋。这一幕幕家将看在眼里,吓得动弹不得,好不容易才陪着少爷回了总兵府。哪吒见了母亲并未提刚才发生的一切,家将自然也不敢多说。

再说敖光,不一会儿就得知了自己的儿子被打死抽筋的事,一问竟然是李靖的儿子。当李靖在西昆仑山学道时,这东海龙王原本还和李靖有过交情。这下敖光岂肯罢休,他变成一个书生,来到陈塘关求见李靖。李靖一见是敖光来访,赶忙热情相迎。敖光见了李靖却勃然大怒,将哪吒杀了夜叉和敖丙之事一一说来。

李靖半信半疑,亲自去找哪吒,只见哪吒正在仔细打磨龙筋,说是要给他做条带子。李靖吓得张口结舌,忙领哪吒来向敖光道歉。敖光见哪吒手上还拿着自己儿子的龙筋,见物伤情,对李靖说:"等我明天禀告玉帝,治你父子的罪。"说罢乘云而去。李靖闻听,泪如雨下。殷夫人听见前面的哭声,来问明情况,也抱住哪吒大哭不止。

哪吒见父母纷纷落泪,心中不安,跪在李靖夫妇面前说道:"爹,娘,你们不必着急,我一人做事一人当,我现在去找师父想想办法。"说完,哪吒起身出了府门,随手抓起一把土往空中一扬,马上没了踪影,原来这是土遁,因为哪吒本来是灵珠子转世,因此有这本领。

哪吒来到乾元山金光洞,只见金霞童子已经在洞外等候,原来太乙真人早已算定哪吒会前来。哪吒进洞之后扑通一声跪倒在地,将自己打死夜叉、龙王三太子以及敖光要告上天庭的事一一对师父说了。太乙真人手捻须髯,边听边想:"哪吒伤了敖丙性命,这是天数。如今要将这小事告上天庭,未免不识大体。"想罢,说道:"哪吒,解开衣襟。"哪吒照办,太乙真人用手指在哪吒胸前画了一道符,然后吩咐哪吒如此如此。

再说老龙王,出了陈塘关,回到东海龙宫换上朝服,脚踏祥云，来到天庭的南天门外，等待天门一开，上殿面奏玉帝。敖光正在左右徘徊，忽然感觉背后受了重重一击，来了个恶狗扑食，跌倒在地。原来是哪吒按照师父的吩咐，先来到了南天门，因他胸口有太乙真人画的一道隐身符，因此他看得见敖光，敖光却看不见他。他见了敖光，一肚子气，就拿着乾坤圈给了这老龙王一下。等到敖光趴在了地上，哪吒赶上去，一脚踩住敖光的后心，现了身。老龙王正要发作，哪吒举起乾坤圈大喝道："你要敢喊，我一圈打死你这老泥鳅。告诉你，我原本是太乙真人的徒弟灵珠子，我是帮着不久就将下山的姜子牙师叔兴周伐纣的，这是天数，打死你的儿子也是小事！"敖光并不甘心这样受欺负，大骂："小畜生，你敢……"话刚出口，哪吒挥拳便打，乒乒乓乓十几拳，打得老龙王眼冒金星，只得大叫饶命。

哪吒哼了一声："饶命可以，但是你不准去玉帝那里告状，还得和我回陈塘关。你依不依？"敖光无奈，只得忍气吞声地说："我依，我依。"说完，哪吒放开了敖光，敖光站起身来，刚要跟着哪吒走，哪吒又停下了，"不行，我听说龙擅长变化，我怕你变成什么东西溜掉了，你变成一条小蛇，我把你装在兜里带回陈塘关。"可怜敖光堂堂一个东海龙王，只得变成了一条小青蛇被哪吒装在兜里带回了陈塘关。

李靖见哪吒回来，愁眉紧锁地问："你哪里去了？"哪吒答道："孩儿去南天门求敖光伯父不要上奏玉帝了，敖光伯父已经答应了，并和孩儿一起回来了。"说着，哪吒从兜里取出了小青蛇，敖光顷刻就幻化成了人形。李靖一见，大惑不解。

敖光却是气炸了肺,将刚才在南天门的事说了一遍,然后大吼道:"我这回要聚齐四海龙王,去见玉帝,得给我个说法!"说完,化作一阵清风而去。李靖闻听,真是雪上加霜,就要对哪吒发作。殷夫人疼爱儿子,见状赶紧喊哪吒:"还不退下,惹你爹生气!"哪吒听母亲的话,跑出了府,来到城楼上纳凉,他才不担心那个老龙王呢。

哪吒在城楼上转来转去,忽然发现兵器架上有一张弓,旁边还有三支箭,很是喜欢,就拿了弓,发了一箭,射向西南。哪吒不知道,这弓叫"乾坤弓",箭叫"震天箭",是远古时期轩辕黄帝大战蚩尤时用的,都是宝物,平常没有人能拉得动这弓,就连李靖也不例外。但是,哪吒拿了这弓,却轻松地射了一箭。这一箭直射到西南方的骷髅山白骨洞,这是石矶娘娘的洞府。箭落下来,正中石矶娘娘的门人碧云童子的咽喉,碧云童子一命呜呼。石矶娘娘看见碧云童子中箭而死,赶忙抽下箭一看,竟是陈塘关飞来的。这石矶娘娘原本与李靖的师父同辈,见徒弟惨死怎肯罢休,命人驾土遁顷刻间来到陈塘关向李靖兴师问罪。

李靖正为龙王的事烦恼不堪,忽然听说城楼上的乾坤弓和震天箭被人动了,并且使石矶娘娘的徒弟惨死,心想必是哪吒干的。把哪吒叫来一问,果然是他。李靖赶紧慌慌忙忙带着哪吒前往骷髅山白骨洞请罪。到了洞门口,李靖命哪吒在洞外等候,自己先进去向石矶娘娘赔个不是,也好平息平息石矶娘娘的怒火。但是哪吒不这么想,他心想:反正我也杀了石矶娘娘的徒弟,她一定不会饶我,不如我先下手为强。

想到此处，哪吒挥动乾坤圈，又打死了彩云童子，打进洞来。李靖一见，大惊失色，石矶娘娘也火冒三丈。哪吒挥动乾坤圈和混天绫要斗石矶，不料被石矶一抬手将两样法宝接在了手中。哪吒一见不好，转身就跑，脚踏青云直奔乾元山金光洞。

不大一会儿，哪吒和石矶先后来到金光洞前，太乙真人已经算出哪吒又惹了祸，他先让哪吒躲到了后桃园，自己拦住石矶。二人本是同辈，太乙真人属于阐教，石矶娘娘属于截教。二人见面答话，石矶要让哪吒偿命，太乙真人说这是天数如此，话不投机二人动起手来，哪吒却偷偷地藏起来观战。石矶出手，招招击向太乙真人的要害，太乙真人左躲右闪，终于按捺不住，从怀里掏出了九龙神火罩抛向空中。这件法宝威力无穷，石矶想跑已经来不及，被罩在了其中。哪吒一见，暗暗埋怨师父：师父啊师父，你要是早将这件宝贝给了我，我就不怕石矶了。哪吒想着就走过来要向师父要这个九龙神火罩。姜还是老的辣，太乙真人一见就知道哪吒的想法，心想此时将这件法宝给他还为时过早，就赶忙说道："哪吒，快去，现在四海龙王已经得到玉帝准奏，去捉拿你的父母了！"哪吒一听，连忙跪倒，满脸垂泪地说："师父，您得帮我想想办法救救我的父母啊！"太乙真人扶起哪吒，嘱咐道，你如此如此。

哪吒遵照师父的吩咐，赶忙返回陈塘关。只见以敖光为首的四海龙王站立云头，李靖夫妇也已经被五花大绑放在云端。哪吒大喝道："我一人做事一人当。是我先杀巡海夜叉，后杀龙王三太子,杀人偿命,我愿一死,不连累双亲。"敖光一听,反正自己就是想要哪吒偿命,却又打不过他,如今这样也好,就放了李靖夫妇。哪吒见父母平安,挥起一剑,先是砍断左臂,然后自刎而死。

哪吒没了肉身,三魂七魄飘飘荡荡来到乾元山。太乙真人嘱咐哪吒的魂魄:"你托梦给你的母亲,让她在附近的翠屏山上为你建一座哪吒行宫,塑一尊哪吒雕像,你的魂魄可以附在雕像中,受够三年香火,泥身就可以成为肉身。"哪吒的魂魄当夜就给殷夫人托梦,将师父的嘱咐对母亲说了一遍。殷夫人醒来,将刚才所做之梦对李靖说了一遍,李靖大怒:"这逆子害我们不浅,不必理他!"殷夫人终究还是瞒着李靖,命心腹在翠屏山搭了一座哪吒行宫,用黄土塑了一尊哪吒雕像。

光阴似箭,已经半年有余。因为哪吒经常显圣帮助穷苦百姓,因此哪吒行宫的香火越来越旺。这一天李靖经过翠屏山,看见翠屏山人来人往,就问随从是怎么回事,随从只得如实回答。李靖大怒,率领随从赶到哪吒行宫,只见哪吒的塑像栩栩如生,李靖骂道:"你个逆子,生前连累父母,死后还要祸害百姓不成?"说着,双手一使劲,推倒了哪吒的塑像。

哪吒的元神从外过来,见塑像已被推到,魂魄无处依附,心中很不高兴,飘飘荡荡又来到了乾元山。太乙真人听了哪吒的讲述,心想:你李靖做得也未免太过分了,但是首先是要给哪吒做个身体。太乙真人命金霞童儿去五莲池中摘了两朵荷花、三个荷叶,铺成一圈,口中念起口诀,将哪吒的魂魄往荷花荷叶中一推，大喊一声："哪吒速成人形！"只听见一声巨响，跳起一个人来，浓眉大眼，目光有神，与死去的哪吒一模一样，只是身材大了许多。哪吒连忙跪倒拜谢师父。太乙真人道："李靖毁了你的泥身，你可以去教训教训他。"一听这话，哪吒满心欢喜，转身就要走。太乙真人喊住哪吒，又领他到桃园，传给他火尖枪、风火轮，还给了他一个豹皮囊，里面除了乾坤圈、混天绫，还有一块金砖。哪吒谢过师父，脚踩风火轮，手提火尖枪，来到陈塘关，指名要李靖出来送死。

李靖一听，骑了青骢马，手提画戟，来到阵前。父子俩话不投机，打在一处。几个回合下来，李靖就已招架不住，只得下马借土遁逃跑。哪吒不肯轻饶，在后边紧追不舍。李靖正跑着，忽然间前边来了一个道童，仔细一看原来是自己的二儿子木吒。哪吒正追赶着，看见李靖正与一个道童说话，哪吒出生时，两个哥哥都在外修行，因此并不认得金吒、木吒，上前一问才知道这是自己的二哥。尽管木吒苦苦相劝，但哪吒并不愿放过李靖，最终哥俩也打在一处。为了速战速决，哪吒虚晃一枪，抛出金砖，砸倒了木吒，又追李靖。李靖慌不择路，竟跑到了五龙山云霄洞，来到了文殊广法天尊跟前。这文殊广法天尊正是金吒的师父。天尊让李靖躲进自己的洞府，自己挡住了哪吒。哪吒眼见天尊放走了李靖，气不打一处来，不容多说，举枪刺向天尊。天尊微微一笑，从袖子中取出一件宝物，名叫"遁龙桩"，往空中一扔，四面生风，雨雾迷空，把哪吒困在当中。哪吒分不清东西南北，不一会儿被锁在了一个黄澄澄的柱子上，云雾也随即散去。

哪吒被困遁龙桩

　　这时,哪吒看见师父太乙真人来到了洞前,与那陌生的老道手挽着手进了洞中。不一会儿,金吒从洞中出来,口念口诀,放了哪吒,让进洞里。原来这文殊广法天尊是太乙真人的师兄,哪吒只好给师伯磕头,但是看着站在一旁的李靖还是眼中冒火。太乙真人叫李靖过来。李靖躬身施礼。太乙真人道:"你毁了哪吒的泥身,这是你不对。你如今也吃了苦头,以后你父子应该和好如初。"李靖连连点头,随即告辞出洞。哪吒在旁一看,心中着急。这时太乙真人吩咐道:"哪吒,你也回乾元山好好看守洞府,我留在这里与你师伯下棋。"哪吒赶紧领命,出了洞府,脚踩风火轮又来追杀李靖。李靖一见,慌忙又跑,只跑得大汗淋漓,在前面又遇见了一位道士。

　　这道士手摆拂尘,大笑道:"这父亲竟然打不过儿子,未免让人笑话。"李靖此时已气喘吁吁,无心答话。道士又说:"李靖,别忙,待我来帮你一下。"说着,道士从袖子中取出一物,哪吒一见,又是先下手为强,对着道士举枪就刺,道士闪在一旁,手中的法宝也已抛出。只见祥云缭绕,紫雾盘旋,一座玲珑宝塔将哪吒罩在其中,道士双手往塔上一拍,塔里火龙乱窜,把哪吒烧得大喊救命。道士笑道:"哪吒,饶命可以,但是你得认你的父亲。"哪吒连连说:"我认,我认!"说着,哪吒转向李靖跪倒:"父亲,孩儿知错了。"虽然哪吒嘴上服软,但心想:李靖,难道那道士还能总保护你?

　　李靖这时才缓过神来,忙向道士躬身施礼:"多谢道长相救,不知道长是哪里的高人?"道士仍旧笑着说:"我是灵鹫山元觉洞的燃灯道人。你先不忙谢我。来,我将这金塔的秘技传授给你。如今商朝失德,天下大乱,你可以弃官隐居,待来日辅佐武王。"燃灯道人说着,收了宝塔,放了哪吒,然后教授了李靖宝塔秘技。哪吒见此,灰头土脸地告别了父亲和燃灯道人,返回乾元山;李靖也遵照燃灯道人的吩咐弃官归隐。

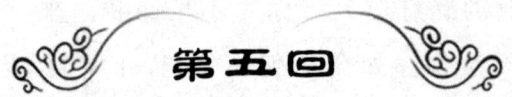

第五回
朝歌城子牙算命
烧琵琶惹祸上身

一天，昆仑山玉虚宫阐教掌门人元始天尊坐在八宝云光座上，吩咐白鹤童子："去把你师叔姜子牙请来。"姜子牙来到宝座前，跪倒施礼："弟子拜见师父。"天尊问："你上昆仑山多少年了？"子牙答道："弟子三十二岁上山，至今已经在昆仑山度过了整整四十个春秋。"天尊道："你生来命薄，很难成仙，现在商朝将亡，周朝将兴，你就下山辅佐明君，也不枉你四十年所学。"子牙知道师命难违，就收拾行装，恋恋不舍地辞别了天尊，辞别了师兄弟。

子牙离开昆仑山，心想：我没有兄弟姐妹，该到哪里去呢？他忽然想起，自己在朝歌还有一个早年的结拜兄长宋异人。于是就借土遁来到朝歌南门外五十里的宋家庄。子牙到了宋员外门前，让人往里通报，宋员外听说几十年前的故人来访，喜出望外。兄弟二人四十年后相见，说不尽的离情别绪。子牙将求仙不成，返回尘俗的事对大哥一一说明。

异人笑问："既然兄弟已经下山，返回尘俗，依大哥之见，不如大哥帮你娶个妻子，安稳度日如何？"子牙连连摇头说："大哥，这事日后再说。"但是宋员外却真把这件事放在了心上，第二天一大早就带着大量聘礼赶往邻村的马员外家提亲，原来这马员外有个六十八的黄花闺女。宋员外把子牙的情况对马员外一说，马员外痛快地答应了。

再说子牙，一大早起来就不见了大哥，中午才见他高高兴兴地回来。子牙忙问大哥是什么事这么高兴，宋员外就把提亲的事详详细细说了一遍。子牙眉头一皱，说："今天时辰不好。"异人说："这是好姻缘，吉人天相。"就开始筹备子牙的婚礼。长话短说，择了一个良辰吉日，姜子牙将马氏娶过了门。婚后两月，马氏见子牙整天还在钻研道术，就心有不满，对子牙说："我们整日吃宋大哥的，这样下去多不好，你也干些什么营生啊！"子牙一听，觉得有理。但是自己只会编笊篱，于是他砍了些竹子，编了笊篱拿到集市上卖，卖了一天也没卖出去一个。回到家，子牙反倒埋怨马氏："这朝歌根本就没有人用笊篱，你还让我去卖！"马氏也不示弱，夫妻争吵起来。异人听了这事，就说："没关系，明天让子牙兄弟挑些面去卖，面好卖。"第二天，子牙挑着面又进朝歌，结果一整天就卖了一碗面。子牙回到家，闷闷不乐，异人拍拍他肩膀说："大哥养个四五十口也养得起，让你去卖面不过是怕你待得烦躁。来，我拎一壶酒，咱哥俩到后花园去喝几杯。"

子牙和异人来到后花园，子牙一看，对异人说："大哥，怎么不在这花园的空旷处盖座五层楼。依照风水，这五层楼一起，必定财源滚滚。"异人说："我也曾请风水先生看过，楼盖了几次，可都是楼一建成就被大火烧了。"子牙道："大哥，你再建一次，此次我保你安然无恙。"异人一听，心中大喜，赶紧筹备,这一天五层高楼再度建成。子牙手中提剑在花园中站定,只见楼前突起火光,火光中隐约可见五个黑色精灵。子牙口念符咒,一抖宝剑,空中雷鸣阵阵,就要雷劈精灵,五个精灵赶紧跪地求饶。子牙道:"你们修行多年也不容易,我放你们一次,以后再不可祸害百姓。"五个精灵赶紧跪地拜谢。异人一见子牙有这么大的能耐,连连称赞。子牙猛然想到一件事,对大哥说:"大哥,小弟还会算命,不如开个算命馆,也算有份营生。"异人赞同,几日之后在朝歌南门最热闹的地方姜子牙就开起了算命馆。

可是一连几天,没有一个人来算命。这一天,来了一个砍柴人,此人叫刘乾,生性暴躁。他正要去卖柴,看见了子牙的算命馆,就走过来一拍桌子,喊道:"给我算上一卦!"子牙问:"您要算什么?""算什么都行,只要算得对,算不对你就得吃我几拳!"子牙微微一笑:"我算你,往南走,柳树下边遇老头,卖柴一百二十文,外带四个点心两碗酒。"刘乾一听,心想这不笑话吗,我卖了这么多年柴,也没人供我酒喝啊。好,我就往南走,看你灵不灵。刘乾走出没多远,果然看见柳树下站个老员外,朝他摆手,刘乾赶紧担柴过去。老员外问:"柴多少钱?"刘乾说:"一百文。"心想我要一百文看你这算卦的怎么准。老员外说:"随我来吧。"就让刘乾把柴担到了一个大户人家的门口,等候结账。这时只见一个仆人端来了四个点心两碗酒,说是老员外请吃的。刘乾美美地吃喝完毕,老员外出来跟他结账,先是递给他一百文,接着又多给他二十文,老员外说:"今天是我孙子过周岁,多给你二十文算个喜钱,买点酒喝吧。"刘乾接了这一百二十文钱,大喊:"朝歌城出神仙了,朝歌城出神仙了!"这样一来,不到半年,姜子牙就已远近闻名。

再说轩辕墓中的玉石琵琶精,一天前往朝歌去看妲己,晚上在宫中吃了很多宫女。第二天早上这玉石琵琶精驾着妖光准备返回洞穴,经过南门外听见人声嘈杂,仔细一看,原来是人们都在围着一个老头算命。妖精心想:待我下去捉弄捉弄他。于是,妖精变做一个少妇,扭动腰肢,推开众人,来到了子牙面前。子牙定睛一看,认出这是个妖精,心想今天我就除了你这个害人的妖精。子牙道:"小娘子,既然要算命,就要借右手一看。"玉石琵琶精把手递了过来,子牙一把将妖精的脉门扣住,这样免得妖精逃跑。妖精一见,得想个办法脱身,于是红着脸,不好意思地说:"先生,我是女流,你怎么能这样抓住我的手不放呢?"众人一见,也都议论纷纷。姜子牙大喝一声:"妖怪,你跑不了了!"拿起桌子上的砚台照着妖精的脑袋狠狠一击,打得她脑浆迸出。其他人不认得这少妇是妖精,见算命的打死了人,就喊成了一片。

正这时,亚相比干从此经过,看热闹的人纷纷上前去告姜子牙的状。姜子牙仍旧用手拖住妖精,来到比干跟前。比干怒道:"大胆刁民,竟敢打伤人命,还拖住尸首不放!"子牙答道:"启禀相爷,这少妇本是妖精。它的真身还未死,我若放手,这妖精就跑了。"比干一听,一时也难辨真伪,不如去让大王定夺。于是比干带着姜子牙,来到了宫中,向纣王禀报。纣王问子牙道:"你这算命的是何人?"子牙答道:"草民名叫

41

姜尚，别号飞熊，居住在南门外，曾学道四十年，因此能辨别妖精。"纣王问："这少妇明明是人，怎么是妖精？"子牙答道："大王要让妖精现原形，这也不难。可取柴草来烧此妖精。"纣王觉得事情稀奇，来了兴趣，命人架起了柴草，燃起了大火。子牙从怀中掏出了镇妖符，分别贴在了妖精的前心和后背，然后将妖怪往火上一扔，自己运气，从眼、鼻、口中喷出三昧真火，一同炼这妖精。不大一会儿，直听得妖精悲惨尖叫，再一会儿，这妖精现出了原形，原来是一面玉石琵琶。纣王一见子牙有这么厉害的手段，封了子牙下大夫的官职，留在朝中。

妲己将姜子牙除妖这一幕看在眼里，疼在心上，心想一定要除了这姜子牙为自己的姐妹报仇。妲己先是命人取了那面玉石琵琶放在摘星楼上，采天地之灵气，受日月之精华，等待五年后返回人形。而后向纣王进言："大王，现在炮烙之刑镇住了朝中百官，但是后宫总还有人不满，还需想个刑法治理后宫。"纣王连连称是，又命妲己再想酷刑，不几天只见摘星楼下挖了巨大的土坑，坑中放置了上万条毒蛇，妲己给这种酷刑起名叫"虿盆"。虿盆建成后，妲己又命人在虿盆左右两侧分别建了酒池、肉林。纣王和妲己一边在酒池、肉林中享乐，一边看着虿盆中无数的宫女惨死，日益荒淫无道。

这一天，妲己忽然想起了玉石琵琶精之仇，就设了一计陷害姜子牙。妲己向纣王进献了一幅草图，草图上画的是高四丈九尺的鹿台，台上楼阁玲珑、珠光宝气，非常漂亮，并说这台子一旦建成就会有仙女、仙姑来访。纣王看后大喜,就问妲己这台子该由谁来负责监造。妲己赶忙答道:"这工程浩大,需要一个聪明睿智,并且懂得阴阳风水的人监造,这个任务只有给下大夫姜尚了。"纣王一听,下旨宣姜尚。

子牙此时正在亚相比干府中办公,使臣来宣子牙,子牙忽然觉得不祥,于是算了一卦。子牙先让使臣回去,转身对比干说:"丞相,我今日进宫有凶无吉,从此之后就将与丞相分别了。我已经在书房的砚台底下放了一份书信,日后丞相如果有大难的时候,可以将书信拆开。子牙就此告别。"说完,子牙来到摘星楼候旨。纣王将监造鹿台的事吩咐给他,问他多长时间能够造好。子牙一想,这劳民伤财的工程不造才好,我不如把时间说得长点,也许大王就没兴趣了。于是答道:"需要三十五年。"纣王转身对妲己说:"下大夫说要三十五年,如此长的时间,还造它有什么用?"妲己一看机会来了,恶狠狠地说:"大王,这是姜尚胡言,不愿为大王效力,罪当炮烙。"经妲己一说,纣王也来了怒火,命人炮烙子牙。子牙一听,起身就跑,众多侍卫在后边追赶。子牙跑到九龙桥,见桥下碧波荡漾,纵身跳了下去,把后边追赶的侍卫吓了一跳,忙向纣王回旨:"姜尚投水而死。"侍卫们不知道,姜子牙是借着水遁逃走了。

姜子牙借水遁回到了宋家庄,将刚才发生的事对大哥、大嫂和妻子说了,然后叫马氏收拾包裹同他一同逃往西岐。马氏一脸的不高兴:"大王给了你个官职,不好好干,现在要去什么西岐,哼!"子牙道:"娘子放心。你我前往西岐,不出几年我就能官居一品,自然能荣华富贵。"马氏讥笑说:"凭什么?就凭你空口说白话?我不去什么西岐,今天你给我写封休书,我们从此之后再没关系!"子牙显得很为难,这时宋异人过来说:"贤弟,既然弟妹不愿与你同甘苦,你也就不必勉强了。"子牙一听,叹息道:"大哥,马氏与我夫妻一场,我本想能让她享点荣华,但是如今夫妻不同心,也没有办法。"说完,子牙写了休书,攥在手中,还在迟疑,马氏一把把休书抢了过去,转身出门。子牙叹息一声,告别了大哥大嫂,赶往西岐。

这一天,子牙来到了临潼关,只见有七八百号朝歌逃出的老百姓互相搀扶着,大哭不止。子牙赶忙前去问问原因。其中一个老者说道:"我们都是朝歌的百姓,大王命令崇侯虎监造鹿台,那该死的老奸臣,处处盘剥,不仅工程劳累,还不让人吃饱,累死饿死的不计其数。我们听说西岐国泰民安,因此想赶往西岐,但是到了这临潼关前,守关的大人不放我们过关啊。"子牙见这情况,心中不忍,就决定帮他们一下。

子牙对众人说道:"去往西岐,过了这临潼关,前面还有潼关、穿云关、界牌关、汜水关。这一路上太多险阻。我现在要帮你们一下,你们到黄昏时候,我叫你们闭眼,你们就要闭眼。即使听到风声,也不要睁眼,否则摔死可怪不得我。"这百姓中有人认得姜子牙的,就对大伙喊:"这是那个曾在朝歌捉妖的姜老神仙,大家听他的没错!"于是人们纷纷点头答应,等待黄昏。

　　到了黄昏时分，姜子牙朝昆仑山方向拜了三拜，口中念念有词。众人闭上眼睛，只听耳边风响，不一会儿已经出了五关，来到了西岐境内的金鸡岭。子牙叫大伙睁开眼，与众人道别。这些朝歌来的百姓们前往西岐城；子牙则前往磻溪归隐垂钓，等待明君。

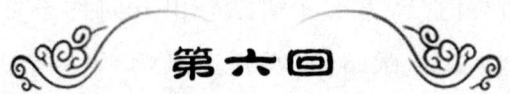

第六回
伯邑考无辜丧命
渭水滨文王访贤

　　文王在羑里已经被囚禁到了第七年头上，在西岐主持政务的伯邑考坐不住了。他一定要进朝歌面见纣王，进献厚礼，请求放父亲归来。上大夫散宜生则进谏说："公子，主公说七年必归，并一再嘱咐不让人去朝歌，现在只是到了第七年头上，您再等等吧。"伯邑考满脸愁容："父亲被囚异乡，做儿子的心中不忍，您不必再劝了！"伯邑考将政务托付给二弟姬发、散宜生、南宫适等人，带了三件宝物七香车、醒酒毡和白面猿猴前往朝歌。

　　纣王听说伯邑考带了三件宝物来替父赎罪，赶紧宣伯邑考进殿，他主要是想见识见识宝物。伯邑考向纣王分别介绍了三件宝物之妙：七香车乃是轩辕黄帝乘坐过的，人坐在车上，不用牵引，想要向东车子就向东，想要向西车子就向西；醒酒毡，喝醉酒的人只要往上一躺，立刻就能醒酒；白面猿猴，已经修炼多年，能够唱各种曲子，美妙动听。此时妲己正在大殿一侧偷着观察伯邑考，只见这伯邑考眉清目秀、温文尔雅，就起了邪念。妲己走到殿上，向纣王跪拜说："大王，妾身听说伯邑考琴技一绝，举国闻名，因此特来殿上，想见识一下,不知可不可以?"纣王对妲己百依百顺,于是命伯邑考弹琴,并许诺说,只要他弹得好立刻放姬昌回去。伯邑考大喜,盘膝而作,把琴放在膝盖上,弹了一曲《风入竹》,美妙动听。妲己一听,果真名不虚传,她更想把伯邑考留在自己身边,于是又奏道:"大王,伯邑考的琴律敢称天下第一。不如先留伯邑考在宫中住上几日,将琴技教给我,这样他们父子离开之后,我也能为大王弹奏美妙的音乐了。"纣王以为妲己这完全是为自己在着想,就欣然答应。

晚上,纣王在摘星楼款待伯邑考,妲己频频向纣王敬酒,不一会儿就把纣王灌得大醉。伯邑考起身准备去取醒酒毡,妲己将他拦住,轻声说:"公子,先让大王歇息,你来教我弹琴吧。"伯邑考无奈,只得坐下弹起琴来。听了一会儿,妲己又说:"我们离得太远,音律听不清楚,你再离我近点。"伯邑考已经感觉到事态有些不对,但是只有硬着头皮往前挪动了一点。等伯邑考一曲奏完,妲己又说:"我想学琴最快的方法,就是手把手教,现在我坐在你怀里,你把着我的手教,怎么样?"伯邑考一听,大惊失色,心想:这淫妇是要陷我于不仁不义、不忠不孝啊。于是,伯邑考大声说道:"请娘娘自重。失去了君臣之道,成何体统!"说完,起身离开摘星楼。妲己一听,羞得满脸通红,暗暗下狠心:看我让你粉身碎骨!

第二天早上,纣王酒醒,问妲己昨晚学琴学得如何。妲己顿时眼泪噼里啪啦地掉了下来,委屈地说:"大王,昨天晚上,伯邑考教我学琴,不想他突然起了歹心,要调戏我,幸亏我躲闪及时,叫了侍卫,他才吓得逃出了这摘星楼。要不然……"妲己的话不等说完，就呜呜哭了起来。纣王一听，勃然大怒："好你个伯邑考，不识好歹，竟敢欺君，来人，把伯邑考千刀万剐。"可怜伯邑考，还在等着给父亲求情，自己却先不明不白地被侍卫抓了去，剁成了肉酱。纣王见伯邑考已被剁成肉酱，仍不甘心，要把肉酱扔下蛋盆喂蛇。妲己过来拦住说："大王，都说那姬昌能掐会算，不如将这肉酱包成肉包子送给姬昌吃，看他吃还是不吃。"纣王一听，这个办法真好，命人去包肉包子。

再说西伯侯姬昌，在羑里已经待到了第七个年头，这七年里他把八卦演变成了六十四卦，后来写成一书，取名《周易》。这一天姬昌正在弹琴，弹到乐曲的高潮处，突然琴弦崩断。姬昌感觉事情不对，赶忙卜了一卦，大哭道："伯邑考啊，我的儿子，你为什么不听我的吩咐，来到朝歌，死于非命。而今，我还得忍痛食子肉，不然我命也将难保！"姬昌刚刚哭完，有纣王的使臣来到，手中托着一个盘子，盘子上有三个包子。使臣说道："大王昨天打了一头鹿，包了鹿肉馅的包子，忽然想起侯爷，特赐三个包子给侯爷送来。"姬昌连忙谢恩，接过使臣手里的盘子，顷刻间狼吞虎咽吃了三个包子。使臣见姬昌吃完了包子，回去向纣王复命。纣王一听，哈哈大笑说："都说姬昌能掐会算，要是他真像人们说得那么神，一定能算出这包子是拿伯邑考的肉包的，他是不会吃的。"此时费仲正在纣王身旁，费仲说道："大王，也许姬昌已经算出包子是拿他儿子的肉包的，但是为了迷惑大王以便脱身，因此才吃下了包子。"纣王一听也有道理，那就继续囚禁姬昌吧。

　　再说西岐，伯邑考惨死的消息传回西岐，姬发、南宫适等人一个个摩拳擦掌，恨不得率领大军打进朝歌。只有上大夫散宜生非常镇定，他对姬发、南宫适等人说："现在大公子有此劫难，也是天数。主公曾经一再吩咐不要有人前去朝歌，但是大公子不听，才招来杀身之祸。再说大公子进朝歌，并没有贿赂费仲、尤浑这两个纣王的红人，因此没能救回主公。现在最急迫的是让主公归来，然后再考虑报仇的事。"众人一听，都觉得很有道理，姬发就请散宜生想个解救父亲回来的办法。

　　散宜生急命西岐两个大将，各携带万两黄金前往朝歌，分别贿赂费、尤二人，请他们在纣王面前为姬昌说点好话。费、尤二人一见这么多金子，心里都乐开了花，一口答应。一天，纣王在摘星楼与费、尤二人下棋，忽然想起了姬昌自食子肉的事，问二人道："姬昌最近可有怨言？"费仲一见机会来了，连忙说："大王，前一段臣说姬昌可能在迷惑大王，这一段我命人秘密监视姬昌，发现姬昌真是忠心耿耿，他不仅没有一点怨言，而且日日祝福商朝国运兴盛。看来是臣多虑了。"尤浑一见，不能让费仲一个人卖给西岐人情，也连忙给姬昌说好话。纣王一听，心中高兴，命人释放姬昌，并加封为王，作为对他受到七年囚禁仍忠心耿耿的奖赏，并特命姬昌在朝歌夸官三日，跨马游街。

　　姬昌在被囚七年后，不仅获得释放还加封为王，他本人和满朝文武都欢欣鼓舞。夸官到了第二天的傍晚，姬昌正在熙熙攘攘的人流中得意地驾马穿梭，迎面遇见了武成王黄飞虎。姬昌下了马,黄飞虎下了五色神牛,二人抱拳施礼。寒暄几句过后,黄飞虎道:"请君侯到我府中一叙,如何?"姬昌连忙答应。进了黄飞虎的府第,黄飞虎忽然满脸愁容,对姬昌说:"君侯,您现在还夸什么官!现在奸臣当道,大王朝令夕改,您既然已经被放,就该火速返回西岐,待在朝歌夜长梦多啊。"姬昌一听,惊得满身冷汗,连连称是。只是心中有些忧虑,黄飞虎一眼看了出来,说:"您不必担心,过五关的令箭都在我手里,您只管放心快走!"姬昌一见,感激不尽,就连夜骑马逃出了朝歌。

第二天一早,费仲、尤浑二人一看姬昌没有跨马夸官,就四处寻找。但找遍了朝歌也没有找到,二人的额头就渗出了汗珠,连忙报告纣王。纣王一听,这姬昌敢违抗圣旨,夸官时间没到就偷偷跑了,定有反心,于是派遣殷破败、雷开二将率领三千飞骑军火速追赶。

姬昌虽然连夜出逃,但是他的马哪有飞骑军的马快,到了傍晚的时候,远远望见临潼关不过二十里的路程,后边却是尘土飞扬,追兵马上就到。就在这危急时刻,姬昌只听得远处的山尖上有人大喊:"下边的行人是西伯侯吗?"姬昌一听,吓了一跳,但是事已至此,也只有硬着头皮答道:"不错,我就是西伯侯姬昌。"话音刚落,只见山尖上的人腾空飞起,一眨眼来到姬昌跟前,收了翅膀,跪倒在地,大声说:"父亲在上,请受孩儿一拜。"姬昌一看,这人长得巨口獠牙,眼似铜铃,背后还有一对翅膀,自己什么时候有过这样一个儿子呢?姬昌正在迟疑,那怪人又说:"父亲不记得我了?我是七年前您捡到的儿子雷震子啊。"姬昌一听,猛然想起了七年前入朝歌,捡到雷震子,交给了云中子道长的事。姬昌赶忙扶起了雷震子,但还是不解地问:"孩子啊,你才七岁,怎么会长成了这个样子?"雷震子说:"我的师父云中子正在终南山玉柱洞中修炼,忽然掐指一算,算到您眼下有难。就把孩儿叫到跟前,把孩儿的身世说了一遍。然后叫孩儿去山南的虎儿崖下找一件兵器,好来救父亲。孩儿在虎儿崖找来找去也没找到什么兵器,但是看到一棵树上结了两枚杏,异香扑鼻,就摘下来吃了。没想到吃完,我的面貌就变成了这个样子,还长出了两个翅膀。孩儿回去见师父,师父说这是孩儿的造化,有了这两个翅膀,孩儿才能不远千里来救父亲。师父还给了孩儿一条黄金棍,并传授了棍法。"话正说到此处,殷破败、雷开的追兵已经来到眼前。

雷震子煽动双翅,腾空而起,对着殷、雷二将喊道:"追兵听着,我是西伯侯之子,奉师命前来救我父亲。师父吩咐,不让伤你们性命,那么就让你们看看我的厉害。"说着,雷震子晃动黄金棍,往西边的一座山尖扑去,只听得一声巨响,山尖被打下一半。殷、雷二将一看,吓得魂不附体,只得带领兵马,原路返回。雷震子又来到姬昌面前,对姬昌说:"父亲,您只身过五关,会有太多险阻,就让孩儿帮您过五关吧,您到孩儿的背上来。"姬昌伏在雷震子的背上,雷震子双翅一抖,飞上云层,展翅向前,不一会儿就过了五关,来到了金鸡岭。

雷震子放下姬昌,与他道别。姬昌问道:"孩子啊,你就跟我一起回西岐不好吗?"雷震子答道:"师父吩咐孩儿救下父亲后立刻回去,因为孩儿的法术还没有学成。等孩儿法术学成,再到父亲的身边来。"说完,雷震子深施一礼,展翅飞走。

姬昌到了自己的地界,真是感觉天高云淡,心情舒畅。等姬昌进了西岐城,老百姓欢声雷动,文武官员和九十八个儿子也夹道欢迎。见此场景,姬昌忽然想起了惨死朝歌的伯邑考,感觉胃中翻江倒海,连吐三口,吐出了三块肉饼,肉饼随风变化,变成三只小兔子跑了。

当天晚上,文王睡得很踏实,但是做了一个奇怪的梦。梦见从东南方向来了一只白额猛虎,肋下长有双翅,向他的帐中扑来。第二天早上,文王赶紧请文武百官帮助解梦。散宜生说道:"虎生双翅,应该是飞熊。这个梦是告诉您有贤臣等待您去求访啊。"文王一听,十分高兴,就命人备了车马,率领文武百官出城寻找。但是一连半个月毫无所获。这一天文王率领文武百官往东南方向行进,听得路上打柴的樵夫们议论,一个说:"那个钓鱼的老头怪啊。钓鱼不用鱼饵还直钩钓鱼。"另一个说:"可不是吗。还念叨什么'不钓鱼与蟹,只钓王与侯'。"文王一听,这钓鱼的老者一定是个贤人,就吩咐人去询问这些樵夫钓鱼的老者在哪里。樵夫们指引说在前方不远的磻溪。但是当文王一行人风尘仆仆地赶到磻溪的时候,却没有发现这个钓鱼的老者。文武百官都有些垂头丧气,大将军南宫适说道:"主公,怕那老头也未必是什么贤人,不过是故弄玄虚罢了。"文王道:"这老者一定是个贤人,今天我们来得不虔诚,因此没有见到贤人。我们回去之后,斋戒沐浴,三天之后,步行前来求贤。"

文王访子牙

　　三天后，文王果然率领文武百官步行来到磻溪，只见溪头果真坐着一个老者，戴着斗笠，手中鱼竿不仅没饵，而且鱼钩还是直的，离水面有三尺的距离。嘴里轻声地唱着："我本沧海客，不伴亡国君。"文王赶忙上前深施一礼，说道："贤人在上，姬昌有礼了。"老者不理不睬，又唱道："不钓鱼与蟹，只钓王与侯。"南宫适一见就要发作，被散宜生拉住了。文王仍旧毕恭毕敬，垂首站立。过了好一会儿，老者站起来，一回头，似乎刚刚发现文王一行人，连忙说道："草民姜尚，别号飞熊，不知君侯驾到，失礼了。"文王忙拉住子牙的手说："先生乃是贤人，我头一次来，知道我们来得不虔诚，因此没有见到先生。现在我们斋戒沐浴三天，才敢来见先生，还望先生能以天下百姓为念，辅佐姬昌。"子牙一见戏也唱得差不多了，就施礼答道："姜尚已是老朽之躯，承蒙君侯看重，感激不尽。"说罢，文王高高兴兴与子牙同乘一车，返回西岐城。

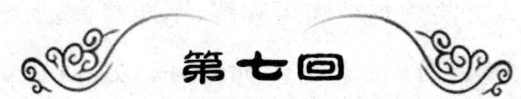

第七回
比干摘心遭惨死
太师回兵陈十策

崇侯虎负责监造鹿台，一方面大肆搜刮百姓，一方面又残酷地迫使百姓加快进度。两年之后，鹿台建成，只见这鹿台高约四丈九尺，台子上真是楼阁玲珑、珠光宝气，好似仙境。殊不知这样一座台子耗费了多少百姓的血汗，牺牲了多少百姓的性命。

纣王与妲己在鹿台上宴饮，忽然想起了妲己说过的话，就问妲己："爱妃，你说这鹿台建成就会有仙女、仙姑来访，不知道朕什么时候能见到仙女、仙姑啊？"妲己起身说道："大王，仙女、仙姑来访得在月圆之夜，今天是初十，等到十五吧。再者，仙女、仙姑来访大王得找个酒量好的大臣陪酒啊。"纣王道："好，那朕就等到十五。陪酒的大臣就选亚相比干吧，他是海量。"

到了十三的这天晚上，妲己乘纣王睡熟，现了原形，来到朝歌南门外的轩辕坟。吩咐轩辕坟中的众妖精说："纣王要见仙女、仙姑，你们中能够变成人形的都去赴宴，享受享受。不能变成人形的，就在家看守。"众妖精会变成人形的一共有

四十个，但是九头雉鸡精因为有事，不能前去，所以正月十五
这一天的一更时分，三十九名所谓的仙女、仙姑降落在鹿台
之上，与纣王见礼之后，开始开怀畅饮。

比干接了陪酒的差事，虽说满肚子怨言，但是不敢明说，
只好与这些妖精喝酒。比干真是海量，与一个个妖精喝酒，
把妖精们喝得都有了醉意，他自己却依然清醒。那些妖精中
修行尚浅的，在与比干几番喝酒之后，就渐渐招架不住了，有
的甚至露出了狐狸尾巴。比干一看，这哪是什么仙女、仙姑，
分明是妖精。但是比干知道这时候戳穿妖精的身份，大王也
不会相信，还弄得打草惊蛇，因此依然强忍愤怒，继续陪酒。
妲己见自己的这些子孙们有的已经渐渐现出原形，赶忙说
道："时辰已到，请各位仙女、仙姑各回洞府。"

比干闷闷不乐下了鹿台，正走着，遇见了巡城的黄飞虎。
比干将刚才陪妖精喝酒的事对黄飞虎说了一遍。黄飞虎道：
"丞相别急，我自有办法对付妖精。"原来那些妖精中修炼尚
浅的，喝了很多酒后就驾不了妖风，只能走着出城。因此，黄
飞虎命心腹大将黄明、周纪等人秘密跟踪妖精。过了一阵
儿，黄明、周纪等人向黄飞虎和比干回报："那些妖精进了南
门外的轩辕坟。"黄飞虎和比干马上率领三百家将赶到轩辕
坟。黄飞虎命人架起柴草，焚烧轩辕坟。烧了一个多时辰，
家将们拿着钩子从轩辕坟中勾出烧死的大小狐狸五十多只。
比干对黄飞虎说："这些狐狸精都是妲己请去的，妲己也一定
是个狐狸精。现在把这没烧焦的狐狸皮扒下来，做成一件皮

袄,送给大王,也好让妲己不安。"

不几天,狐狸皮袄做成,比干进献给纣王。纣王大喜,说道:"还是比干皇叔替朕考虑得周到,眼看冬天要来,就送了我这么好的一件皮袄。"妲己一看这皮袄,气得咬牙切齿,心中骂着"比干老贼,看我早晚要你的命",又找了一个机会驾了妖风,来到轩辕坟。只见轩辕坟前,九头雉鸡精泪流满面。妲己对九头雉鸡精说:"妹妹别哭,让我把你也送进宫中,咱们一来同享富贵,二来共同铲除比干。"

再说纣王,在鹿台上找了半天妲己找不见,正在纳闷,忽然妲己出现在他身后。纣王忙问妲己去干什么了,妲己答道:"大王,妾身未进宫时,有一个好友名叫胡喜媚,长得十分美貌俊俏。我进宫时她出家学道,算算到现在应该学成了。她曾捎信说,到她学成之日,只要我焚香呼唤她的名字,她就会来到。我正在准备香案。"纣王一听"美貌俊俏"这四个字,色心大起,就催妲己赶紧焚香。妲己就做足了样子,沐浴焚香,不一会儿妖风刮起,风停之后,鹿台上来了一个俊俏的女子,给妲己施礼,口称姐姐。这就是胡喜媚,也就是九头雉鸡精。妲己把纣王叫过来给胡喜媚介绍,纣王的脸上满是好色的神情,胡喜媚也是眼送秋波,满含挑逗。不一会儿,妲己找个借口离开了,等她回来,只见纣王和胡喜媚已经拥在床上缠缠绵绵。纣王拉过妲己,左拥右抱,说道:"此后你们姐妹二人与朕同享富贵。"

纣王话音刚落,妲己忽地大叫一声,口吐鲜血,栽倒在地。纣王被这突如其来的一幕吓得慌了手脚,忙问胡喜媚这是怎么回事。胡喜媚哭着说:"大王,我姐姐在未出嫁时,就曾发过这怪病,心痛咳血,如果救治不及时,就将性命不保啊。"纣王忙问:"那以前是怎么治好的?"胡喜媚说:"以前我们在家乡时,有一位神医有七窍玲珑心,他取了自己的一片心给姐姐服下,姐姐的病就好了,不想今天又犯了。"纣王说道:"这里距离冀州路途遥远,再去找那个神医怕是来不及了。你学过道,能不能算算朝歌有没有人有七窍玲珑心。"胡喜媚装模作样地掐指一算,对纣王说:"朝歌的确有一人有七窍玲珑心,他就是亚相比干。"纣王大喜:"比干皇叔一定会给朕一片七窍玲珑心的。"于是,急忙下旨宣比干到鹿台。

比干正在家中读书,见纣王的使臣风风火火来宣自己进宫,知道一定出了大事。他先打发使臣回去,自己更换朝服。正在更换时,纣王又连派五个使臣来催,比干知道这事情一定非同小可。恰好这最后一个使臣陈青是比干的门生,比干就询问究竟是什么事催得这么急。陈青一听,跪倒在地,哭着说:"老师,您的性命怕是不保了。妲己得了怪病,说要一片七窍玲珑心才能治。大王刚刚又纳了一个妃子,那妃子说您有这七窍玲珑心。"

比干听完,吓得心惊胆战。忙叫出夫人和儿子,叫他们准备后事。这时比干的儿子微子德说:"父亲,当初姜子牙先生不是给您留有一封信,说是危急时刻拆开来看吗?"比干这才想起,赶忙取了子牙的信来看。看完之后,比干将信中的符取出来,烧了放在水里,把符喝了,赶往鹿台。

纣王见皇叔到了,松了一口气,对比干说:"皇叔,现在朕需要您的一片七窍玲珑心来救妲己的命,希望皇叔不要吝啬啊。"比干知道这是妲己的阴谋,对着纣王大骂道:"无道昏君,受妲己这妖孽蛊惑,如今竟然要你叔叔的心,人没了心,还怎么活?"纣王怒吼道:"君叫臣死,臣就得死。来人啊,把比干的心给我挖出来!"比干哈哈大笑,摆摆手说:"昏君,我并不怕死,是怕祖宗基业毁在你的手里。拿剑来!"武士递过剑,比干将自己的胸膛剖开,把心摘出,往地上一扔,转身就走。

这时黄飞虎等人也已经从陈青嘴里得知了比干要被摘心的事,都在殿外焦急等待。不多时,见比干出来,低头疾走,一言不发。众人在后边紧紧跟随。比干向北走出了五六里路,见到路旁有一妇人提着篮子卖空心菜,比干问:"菜无心能长,人无心能活吗?"妇人说:"人没心就会死。"比干大叫一声,口喷鲜血,栽倒身亡。原来子牙留下的信上写,喝了符水,可以暂保性命,向北走见卖空心菜的妇人,上前去问"人无心能活吗",如果妇人回答能活,比干就能活。众文武官员见比干惨死,一时间哭成一片。大家赶忙就地搭建灵棚,哀悼比干。

正这时,远征北海多年的老太师闻仲凯旋回朝。这闻太师正骑着墨麒麟从朝歌北门而进,只见纸幡飘扬,哭声阵阵,忙问是何人死了。手下打探后报太师,是亚相比干被摘心而死。老太师顿时满脸怒色，催动墨麒麟来到九间殿，击响催朝鼓催纣王上朝。纣王将比干的心给妲己吃了，妲己的病立刻就好了。纣王正在高兴，听见有人击鼓催自己上朝，很不痛快。他来到九间殿，一见是劳苦功高的闻太师归来，顿时换了脸色，慰劳说："老太师远征多年，终于凯旋，朕很高兴，一定会嘉奖太师。有了太师这样的忠臣，朕的江山固若金汤啊。"闻太师并不领纣王这几句好话，直言进谏道："大王，如今我大商江山可不是固若金汤。您先是不明不白地杀了姜王后，丞相商容撞死九间殿；然后又诛杀了东伯侯姜桓楚和南伯侯鄂崇禹，引来姜桓楚之子和鄂崇禹之子反叛；现在您又听信谗言，使亚相比干摘心惨死。大王，如此下去，怕是大商基业毁于你手！"这一句句直捅纣王的心窝，听得他脸一阵红一阵白。但是他不敢对闻太师发作，一来自己做得的确理亏；二来老太师忠心耿耿，商朝也不能没有他这样能征善战的人物。

闻太师见纣王不言语，继续说道："大王，现在改正还为时不晚。老臣有十条请求，请大王恩准。一、拆鹿台；二、废炮烙；三、填虿盆；四、毁酒池、肉林；五、贬妲己；六、杀费仲、尤浑；七、开仓放粮，赈济饥民；八、招安反叛的东南诸侯；九、下诏求贤；十、广开言路。"纣王听完，沉思许久，这闻太师的奏章不同于其他人，他想来想去，说道："十条意见，朕同意七条，拆鹿台、贬妲己、杀费仲、尤浑三条，容日后再议，散朝。"说完，纣王赶紧逃离了九间殿，他可不愿意再和闻太师过多纠缠。在一旁已经大汗淋漓的费仲、尤浑二人也长长出了一口气。

虽说十条只答应了七条,但闻太师和满朝文武还是感觉到事情正在向好的方面转变。可天不遂人愿,马上有紧急奏报称东海平灵王造反了。太师接到奏报,来和武成王黄飞虎商量:"黄元帅,如今是你去平定还是老夫去呢?"黄飞虎答道:"一切听从老太师安排。"第二天上朝,闻太师奏请亲征东海平灵王,纣王巴不得闻太师不在朝歌,赶忙准奏。闻太师骑了墨麒麟,直奔东海。

第八回
子牙兵伐崇侯虎
纣王激反武成王

　　姜子牙在西岐，听说闻太师再次出征，又听说崇侯虎趁机与费、尤二人勾结，把持了朝政，就准备先铲除崇侯虎，为民除害。于是，子牙奏报文王。文王思考良久，想起纣王给他封王时，曾经授命他可以讨伐作恶的诸侯，因此文王和子牙一同发十万兵马，以南宫适为先锋，出征崇侯虎。

　　沿途之上，老百姓听说西伯侯去征伐崇侯虎，一个个都拍手称快。长话短说，这一天西岐大军来到崇城附近，扎下营寨。崇侯虎此时正在朝歌，崇城由其长子崇应彪驻守。崇应彪见西岐大军兵临城下，急忙调兵遣将，出城迎战。但是崇应彪手下的将领强取豪夺还行，真的打起仗来哪里是南宫适等西岐将领的对手。崇应彪三次出战，都被西岐兵马杀得大败而归，无奈只有退回城里，坚守不出。

　　见了这样的情况，姜子牙准备率军攻城。这时文王过来劝说道："丞相，我们发兵攻打崇城，本来是为了百姓着想。但是这一番如果我们强攻，势必会造成大量的士兵、百姓伤亡，这样我们出兵还有什么意义呢？"子牙一见文王如此宅心仁厚，只好打消了强攻的念头。于是，子牙亲笔写了一封书信，让南宫适将军带着赶往曹州，去见崇黑虎，希望崇黑虎能够助西岐一臂之力。

且说南宫适到了曹州，崇黑虎接过子牙的书信一看，上边大致写着：崇侯虎身为一方诸侯，与奸臣勾结，祸害百姓，百姓怨恨之声越来越大。现在希望您能舍小家，顾天下百姓，帮助西岐捉拿崇侯虎。这样您虽然对不起您的大哥，但是您却对得起天下的百姓和崇家的列祖列宗。崇黑虎看完书信，觉得姜丞相说得句句在理，自己也早已对大哥的胡作非为不满，因此答应助西岐一臂之力。

这一天，崇应彪正在考虑如何使西岐退兵，忽然听人报二叔崇黑虎从曹州赶来助战，喜出望外。崇应彪高高兴兴将二叔接进城里，忙问二叔有什么好的计策可以退敌。崇黑虎略一思索，说道："现在我们的两处兵马合在一起也没有西岐的多，再说南宫适等人都骁勇善战，现在依我看，我们赶紧派兵去朝歌求援，一来向大王说明西伯侯擅自征讨诸侯，二来请大哥帅兵回来相救。"于是，崇应彪急忙写下书信，命家将快马赶奔朝歌。

崇侯虎正在朝歌同费仲、尤浑二人宴饮，忽然听得崇城有紧急书信，打开来一看，气得火冒三丈。他连忙进宫求见纣王，将姬昌擅自讨伐诸侯的事向纣王禀报，纣王听后也怒从心头起，让崇侯虎先回崇城，自己将派兵援助。崇侯虎领命，日夜兼程赶回崇城。进了崇城城门，崇侯虎一见崇黑虎也在，心中高兴，笑着说："想不到二弟还能来帮我，我还真以为上次一别二弟再不与我相见了呢。"话未说完，只见城门两侧出现了大量伏兵,将崇侯虎和崇应彪五花大绑,崇黑虎亲自押着崇侯虎和崇应彪来到了西岐军队的大营。

姜子牙一见崇黑虎果然大义灭亲,亲自将臭名昭著的崇侯虎押送来,心中高兴,即刻请文王升帐,处置崇侯虎父子。文王为人宽厚,本不想杀崇侯虎父子,但是子牙一再坚持为天下除此大患,因此下令将崇侯虎父子立即斩首,首级被士兵呈在托盘里请文王和丞相验看。文王一生还没见过首级,这一见两颗血淋淋的人头放在托盘里,吓得魂不附体,从此病倒。子牙见文王受到惊吓病倒,忙命人回师西岐,崇城由崇黑虎接管。

回到西岐,文王的病不仅没好,反而越来越严重。这一天,文王宣姜尚和姬发到病床前领命。子牙和姬发双双跪倒。文王说:"我阳寿将尽,此后西岐大事就托付给丞相了。"又对姬发说:"此后,你执掌西岐的政务,凡事要听丞相的话,现在你就拜丞相为相父,我死后也好少了牵挂。"姬发一听,连忙朝向子牙跪倒,口称相父,子牙连忙伸手搀扶。文王一见心事已了,双目紧闭,寿终正寝。

再说朝歌,此时已到元旦,虽然纣王接到了汜水关总兵韩荣的报告,说是姬昌已死,姬发擅自即西伯侯位,但是纣王感觉不足为患,依旧歌舞升平。而武成王黄飞虎得知这个消息,却有些忧心,心想西岐将来必能成就大事。但黄飞虎不知道,此时正有一场大祸降临在他头上。

每到元旦,按照礼数,大臣的夫人要到宫里去拜见王后。每到这时,黄飞虎的夫人贾氏都要进宫,拜见过王后,再去西宫和黄娘娘叙叙姑嫂的感情。这次妲己见贾氏进宫，想起了黄飞虎曾和比干一起火烧轩辕坟的事，就决定设个圈套谋害贾氏。当贾氏与妲己见过了礼，聊了一会儿准备告辞离开时，妲己故意表现出亲近之意，对贾氏说道："黄夫人，我与你一见投缘，你比我大，我就直接叫你姐姐吧。你好不容易到宫里来一回，干吗急着走啊？摘星楼上非常漂亮，你与我到摘星楼上观赏观赏吧。"贾氏早就听说这妲己心毒如蛇蝎，本想赶紧离开，但是这王后的邀请又不敢违抗，只有硬着头皮上了摘星楼。

妲己找了一个借口让贾氏在摘星楼等候片刻，自己来见纣王。见了纣王，妲己问道："大王可见过那貌美如花的黄飞虎夫人贾氏吗？"纣王道："朕也听说贾氏长得漂亮，只是君不能见大臣的妻子，这是礼数，因此没有机会得见啊。"妲己一笑，说："大王，我这回给你安排了一个好机会。你现在可上摘星楼一见。"纣王一听很高兴，就跟随妲己来到摘星楼。贾氏一见纣王，躲也无处躲，只好躬身施礼，纣王就伸手相扶。古人讲男女授受不亲，因此贾氏赶忙往后退。妲己一见，命人摆酒宴，请贾氏喝酒。贾氏一看这情形，想来想去今天是很难逃脱了，心想这纣王荒淫无道，不能侮辱了自己的清白，侮辱了丈夫的名声，因此大骂道："无耻昏君，君不见大臣的妻子这是礼数，你今天不仅破了礼数，还要轻薄非礼，看来我只有一死！"说完，贾氏纵身一跃，跳下摘星楼，摔得粉身碎骨。

西宫的黄娘娘正在等待嫂子来自己的宫里叙旧，却左等左不来，右等右不来。又过一阵儿，突然有心腹来报贾氏惨死一事。黄娘娘一听心如刀绞，愤怒地上了摘星楼，指着纣王和妲己质问事情的来龙去脉。妲己说："都是贾氏那贱人，想勾引大王，被我呵斥，羞愧得跳楼了！"黄娘娘自然知道嫂子的为人，见妲己和纣王害死了嫂子，还污蔑嫂子的人品，气得她挥起拳头照着妲己就打。纣王原本也在后悔，可一见妲己被打，他拽过黄娘娘就是一推。纣王也是一身武功，他这一推，就把黄娘娘推下了摘星楼。片刻之间，可怜姑嫂二人都横尸在摘星楼下。

黄飞虎本来在家中和自己的亲弟弟飞彪、飞豹，结拜兄弟黄明、周纪等人喝酒讨论西岐的事，忽然跟随贾氏入宫的丫鬟来报夫人、妹妹惨死，直听得黄飞虎兄弟如五雷轰顶，怒不可遏。黄明大喊道："这样的昏君，我们保他干什么，反了吧！"周纪也对黄飞虎说："大哥，如果不给嫂子和妹妹报仇，我们这些男人还何以在天下立足！"黄飞虎本来犹豫不定，但是经这些兄弟七嘴八舌一说，也火往上撞，大喊一声："好，兄弟们，反了！"说罢，黄飞虎等人率领人马、收拾车辆，杀出朝歌，奔西岐而来。

纣王受妲己蛊惑，一夜伤了两命，第二天一早又得知武成王黄飞虎造反出了朝歌，一时愁眉不展。正这时，有人报闻太师已经平定了东海，返回朝歌。纣王一听，赶紧吩咐上朝，将黄飞虎造反的事添油加醋地说了，但是丝毫未提及贾氏和黄娘娘的死。闻仲刚一到朝歌就得知了黄飞虎造反的来龙去脉，他听纣王说完，厉声说道："大王，你说的不是实情。黄飞虎一家几代忠良，这次定是你先做出了对不起他的事，他才会造反。此次是君对不起臣，不是臣对不起君！"这一句话说得纣王面红耳赤，无话相答。闻仲又说："当然，黄飞虎身为臣子，不应造反，我现在就去把他追回来，但是大王要赦免他的造反之罪。"纣王一听，只得连声答应。闻太师立刻吩咐飞鸽传书临潼关、佳梦关、青龙关三路总兵，不可放走黄飞虎，然后自己骑了墨麒麟，率领大军火速追赶。

黄飞虎等人打马疾行，来到了临潼关外，只见正前方临潼关方向，左侧青龙关方向，右侧佳梦关方向分别来了三支人马，背后闻太师的追兵也即刻就将赶到，黄飞虎见难以逃脱，仰天一声长叹，怨气直冲云霄。且说清风山紫阳洞的清虚道德真君这时正脚踏祥云从此经过，被黄飞虎的怨气挡住了去路。清虚道德真君拨开云层一看是黄飞虎有难，就决定帮他一帮。清虚道德真君右手张开，抛出一张"混元幡"，将黄飞虎等人罩在雾气中，移到了其他的山中。清虚道德真君又凌空撒了一把黄豆，变成了黄飞虎等人的模样，向东南方向跑了。闻仲一见，令三路总兵各自回城，自己率兵朝东南方向追来。

眼见闻仲走远了，清虚道德真君收了"混元幡"，又把黄飞虎等人移了回来，而黄飞虎等人只是看见眼前突然起了大雾，等大雾散去的时候，四路追兵也不见了。黄飞虎猜想这是得到了高人相助，于是朝空中拜了两拜，然后率领人马奔临潼关方向而来，准备穿过五关，前往西岐。再说闻太师，追赶了一会儿假的黄飞虎后，忽然看出了破绽，才恍然大悟，急忙飞鸽传书五关的守将，准备捉拿黄飞虎。

第九回
黄天化潼关救父
历劫难飞虎归周

　　黄飞虎来到临潼关前，只见临潼关总兵张凤已经率领兵马在关前等候。这张凤原本和界牌关的总兵，也就是黄飞虎的父亲黄滚是结拜的弟兄，因此黄飞虎口称张凤为老叔。原本黄飞虎希望靠着故旧之情，请老叔能够通融一下放他过关，但是张凤并不吃这一套。见了黄飞虎，张凤也并不多说，就与黄飞虎打在了一处。你来我往三十个回合，张凤哪里是黄飞虎的对手，见招架不住，败回了关中。

　　张凤回到自己的帅府，心想我已年老，硬打是打不过黄飞虎的，不如以计取胜。于是张凤命人叫来了部将萧银，对萧银说："今天晚上三更，你带领三千弓箭手，偷袭黄飞虎的大营。想他们一路逃亡而来，一定疲惫不堪，这次偷袭一定能够成功。"萧银领了命令，但是自己想：我原本是黄将军的部下，有了他的推荐，我才到这临潼关成了一员大将，我不能知恩不报啊。想到这里，萧银换上夜行衣，一更时就来到了黄飞虎的营帐，把张凤的计划一五一十地告诉了黄飞虎，黄飞虎感激不尽。萧银又说："我就好事做到底，开城门送黄将军过关。"于是，萧银返回临潼关，秘密打开了正对着的两座城门,黄飞虎一行人一路打杀出了临潼关。等张凤明白发生了什么事,骑马领兵来追黄飞虎,却被隐蔽在暗处的萧银一刀斩于马下。

且说黄飞虎过了临潼关,来到了潼关。这潼关的守将陈桐原本也是黄飞虎的部下,但是曾因触犯军纪险些被黄飞虎处死,因此一直对黄飞虎记恨在心。长话短说,黄飞虎与陈桐打在了一处,论武功陈桐远远不如黄飞虎,但是陈桐也会些旁门左道的妖术。他眼见真刀真枪打不过黄飞虎,拨马便逃,黄飞虎驾五色神牛在后紧追。眼见黄飞虎离自己越来越近,陈桐掏出了一只"火龙标",出手生烟,百发百中。黄飞虎躲闪不及,被打下了五色神牛。黄明见主将落马,赶忙来救,也被"火龙标"打下马来。周纪等人不敢恋战,赶紧把黄飞虎、黄明抢回了自己的军营。回到大帐,黄飞虎、黄明已经气绝身亡。众人一见,哭声震天。

话说清风山紫阳洞清虚道德真君正在闭目养神,忽然心中一惊,掐指一算,原来黄飞虎有难。忙叫来黄天化,对他说道:"现在你父亲有难,你速去潼关相救,救完即回。"说完,真君给了黄天化一个花篮,一把宝剑,黄天化借土遁来到潼关外黄飞虎的大营。只听见哭声依然断断续续,黄天化叫人往里通报,就说有人来救武成王。黄飞彪一听有人来救大哥,赶紧往里请,一看是个道童,相貌和大哥长得很像。黄天化也不多说,来到黄飞虎的床前,拿了一把匕首撬开黄飞虎的牙关,用水送下了一颗丹药。然后也同样给黄明服了一颗丹药。一个时辰过后,黄飞虎和黄明相继苏醒过来,黄飞虎就要跪谢天化的救命之恩。天化赶忙跪倒,说道:"父亲,我不是别人,我是三岁时在后花园不见的天化啊。我师父清虚道德真君云游四海时因见孩儿是块学道的材料,因此把孩儿带走修行,如今已经十三年了。"黄飞虎一见是自己的儿子,抱住天化热泪盈眶。黄飞虎又将天化的母亲、姑姑惨死的事对天化说了一番,天化听后恨得咬牙切齿,只等来日斗斗陈桐。

第二天,陈桐又来叫阵,黄飞虎按照天化的嘱咐,出营迎战。陈桐一看吓了一跳,心想黄飞虎昨天已经被自己打中,今天怎么还这么生龙活虎,于是又和黄飞虎打在一处。打了几下,他又掏出"火龙标",对着黄飞虎投出,这时天化从黄飞虎背后赶过来,举起花篮,收了"火龙标"。陈桐一看法宝被一个小道童收走了,正要逃跑,被天化用宝剑一指,一道寒光取了陈桐的首级。原来这宝剑是清风山的镇山之宝,名叫"莫耶宝剑"。陈桐一死,黄飞虎等人轻松过了潼关,天化也遵师命,告别了父亲,返回清风山。

过了潼关,来到穿云关。穿云关的守将陈梧是陈桐的大哥,黄飞虎原以为又少不了一场恶战,但是陈梧却在关外笑脸相迎,并说弟弟的死是自寻死路,不必怜惜。说罢将黄飞虎等人让进关内,好酒好菜招待,并安排了客栈让黄飞虎等人住下,第二天一早送他们过关。三更时分,睡梦中的黄飞虎朦朦胧胧见到了自己的夫人贾氏,贾氏对他说:"将军快走,此处有埋伏!"黄飞虎惊出了一身冷汗,睡意全无,赶紧叫醒其他人,准备出客栈。但是客栈的门已被反锁,黄明赶紧砸坏大门,众人出了客栈。只见客栈周围满是柴草,陈梧正带人举着火把前来。周纪一看,打马直奔陈梧,二人打在一处,不多时,周纪一刀将陈梧斩了,黄飞虎等人杀出穿云关。

　　过了穿云关,众人都松了一口气。黄明说:"这回到了老爷子的地盘,终于不用打了。"原来前边来到了界牌关,界牌关的总兵是黄飞虎的父亲黄滚。不料想,等众人来到界牌关前,黄滚已经列好队伍等在关外,队伍前还有一排囚车。黄滚见了黄飞虎大骂道:"畜生,怎么能因为两个女人就做了不忠不孝的人? 现在你们马上下马,让我把你们押回朝歌,要不就让老夫横尸当场!"黄飞虎见父亲这样的架势,就要翻身下五色神牛,黄明连忙喊道:"大哥,且慢!"然后他催动坐骑来到黄滚面前道:"老爷子,现在大王昏庸无道,老爷子您得明事理啊!"黄滚不等黄明说完,大喝一声:"逆臣贼子!"举刀来砍黄明。黄明赶紧举斧招架,周纪也过来给黄明帮忙。黄飞虎一看自己的结拜兄弟怎么和自己的父亲打起来了,就要上前劝阻,黄明大喊:"大哥,我们缠住老爷子,您快走啊!"黄飞虎这才领会,与飞彪、飞豹等人赶忙冲过了界牌关。

　　黄滚见儿子跑了,翻身下马,就要自刎,黄明赶紧抱住黄滚,说道:"老爷子,我们受大哥的气啊,敢怒不敢言,刚才跟您交手是我们的计策,我们本想帮您捉住大哥啊。"黄滚听不明白,就问:"此话怎讲?"黄明接着说:"老爷子,您现在去追我大哥,就说您也愿意投靠西岐,让他们先回来饱餐一顿再走。酒宴之上,您以摔杯为号,我们兄弟就捆了大哥等人,交给您,到时候您放过我们兄弟俩就好了!"黄滚一听,此计可行,就依计照办,果然黄飞虎等人返了回来。黄滚摆上酒宴,大伙饱餐一顿。正吃着,黄滚突然拿起一个酒杯摔在地上,但是毫无反应。正要摔第二个,黄明走了过来,笑着说:"老爷子,你这儿的粮草我已经叫人放火烧了,您现在还是跟我们去西岐吧,要不然没了粮草您也是死罪!"黄滚一见自己让黄明给算计了,虽然气不打一处来,但也没有办法,只好带了家将和儿子们一起反了。

出了界牌关,来到了最后一关汜水关。黄飞虎等人来到汜水关前,汜水关总兵韩荣的一员大将余化已经列好队伍,准备迎战黄飞虎。黄飞虎与余化话不投机,动起手来。余化的一柄画戟敌不过黄飞虎的一条银枪,打着打着,余化虚晃一戟败走,黄飞虎催动五色神牛紧追。正追着,余化回身掷出一件"戮魂幡",数道黑气把黄飞虎罩住,随后黑气旋转,把黄飞虎卷到了余化的队伍之前。黄飞虎被重重摔在地上,余化命人绑了。随后,黄明、周纪等人,最后直到黄滚和黄飞虎的三个小儿子都被这"戮魂幡"捉了去,被关进了大牢,择日押往朝歌。

且说太乙真人这一日打坐练功,忽感心气震荡,掐指一算,原来黄飞虎等人有难。赶紧叫来哪吒,吩咐道:"现在黄飞虎等人有难,你下山去相救。将他们送出汜水关,赶紧回来。"哪吒是个好动不好静的,一听说有了这个差事,乐得驾起风火轮,一溜烟来到了汜水关前的一座山上。他往下一看,自己来得正是时候,一员大将正押着囚车从这山下经过。哪吒来到官道之上,挡在这一行人马前方,口里念叨着:"此山是我开,此树是我栽,要打此路过,留下买路财。"押送囚车的大将正是余化,他大喝一声:"我是汜水关余化,前方什么人,竟敢口出狂言?"哪吒笑着说:"在下李哪吒,你就是捉了黄将军等人的余化啊,既然是你,财我就不要了,但是人头留下!"说着,哪吒脚踩风火轮,手提火尖枪,直奔余化。

余化擒拿黄飞虎

余化见哪吒来者不善,直接掷出了"戮魂幡",不想哪吒一抬手将"戮魂幡"收了,装在了自己的豹皮囊中。然后取出金砖,照着余化就是一下,正打在余化的后背上,打得余化口吐鲜血,败回汜水关。哪吒不忙追赶,先将黄飞虎等人从囚车中放了,黄飞虎等人千恩万谢,各自上了坐骑,又奔汜水关而来。哪吒脚踩风火轮走在前面,还没等韩荣问明白余化究竟发生了什么事,哪吒就杀到了,一手抛出金砖,一手抛出乾坤圈,打伤了韩荣和余化,韩荣和余化逃出汜水关,奔向东北。

哪吒护送黄飞虎等人出了汜水关,来到金鸡岭,与黄飞虎等人道别,返回乾元山。黄飞虎则扎下营寨,只身一人前来见姜子牙。子牙听说黄飞虎反出朝歌过五关来投西岐,格外高兴,忙给武王引见。武王一见黄飞虎,果然是大将风度,英雄气派。武王问子牙:"黄将军原来官居何位?"子牙答道:"官拜镇国武成王。"武王道:"此番黄将军来西岐,官位不变,官名只改一字,就称开国武成王吧。"黄飞虎赶忙谢恩。此外黄滚等人也都官职级别不变,一时皆大欢喜。

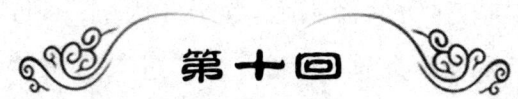

第十回
黄飞虎说反晁雷
张桂芳领命出征

  闻太师听说黄飞虎已经顺利到达了西岐,心中一惊,忙命晁田、晁雷兄弟率领三万兵马,过五关去西岐打探消息。这一天晁田、晁雷兄弟过了五关,来到西岐城下,扎下营寨。此时,已经有西岐的探子将晁氏兄弟的动向报告给姜子牙。姜子牙吩咐各路人马做好战斗准备,只等晁氏兄弟前来挑战。

  第二天一大早,晁氏兄弟就在西岐城外排开队伍,要西岐出兵迎战。子牙率领队伍,出了西岐,来到阵前,与晁氏兄弟对阵。晁雷将马一带,来到阵前,叫西岐将领答话。南宫适当仁不让,催马来到晁雷面前。晁雷大声说道:"如今姬发没有大王的命令,擅自继承王位,现在又收了叛臣黄飞虎,该当何罪!"南宫适微微一笑说:"晁将军,此言差矣。当今大王是无道昏君,残害忠良,百姓遭殃,而武王却是仁义之人。况且现在是你们的兵马来犯西岐,我们只是自保而已。"二人话不投机,举兵刃打在一处。晁雷根本就不是南宫适的对手,三十几个回合被南宫适生擒活捉。晁田赶忙收兵,姜子牙也带领兵马返回了西岐城。

　　来到相府，晁雷站而不跪，姜子牙大喝一声："将晁雷斩了！"刀斧手就要往外推，黄飞虎赶忙过来求情："丞相，晁雷也是一员猛将，不如让我来劝劝他。"子牙点了点头，黄飞虎来到晁雷跟前，说道："现在大王昏庸，大臣们朝不保夕，百姓们苦不堪言，你为什么还辅佐商朝呢？"几句话问得晁雷哑口无言，额头上见了汗，他想了又想，扑通一声跪倒在地，表示愿意辅佐大周。姜子牙一见高兴，忙吩咐筹备酒宴，为晁雷压惊。

　　酒宴之上，晁雷闷闷不乐。黄飞虎就询问原因，晁雷说："现在我大哥晁田还在城外，我是想出城一趟也把大哥劝降。"黄飞虎一听，点头称好，来向子牙禀报，并表示自己愿意和晁雷一起去说服晁田。子牙想了想，点头同意，黄飞虎和晁雷离开酒宴，出了西岐城，来到了晁田的大帐外。晁雷请黄飞虎在帐外等候，自己先进帐里和大哥商量归顺的事。不一会儿，晁雷从帐中出来，高兴地对黄飞虎说："我大哥同意归顺，请黄将军进帐。"黄飞虎大步走进晁田的大帐，却突然从左右蹿出十来个大汉，将黄飞虎绑了。黄飞虎大骂："晁雷，你个无耻小人，我救了你性命，你却恩将仇报！"晁雷过来，向黄飞虎施礼说道："黄将军，其实我兄弟二人真的想投靠大周。但是我们的父母妻子还都在朝歌，我们兄弟归顺了，父母妻子一定会被满门抄斩。现在我们回朝歌把您交给闻太师，才能保得一家老小平安啊。"晁田兄弟俩捉了黄飞虎，害怕夜长梦多，马上撤兵回朝歌。

　　刚刚走到金鸡岭，只见前边的大路中央有一大队人马，为首的正是南宫适。晁氏兄弟一见只得硬着头皮迎战,结果不出所料,半个时辰后晁氏兄弟双双被捉,又被押到子牙的相府。子牙手捻胡须,说道:"好你个晁雷啊,竟敢跟我耍些阴谋诡计! 一切早在我掌握之中。"晁氏兄弟一听,慌忙跪倒,低头不语。子牙微微一笑,说:"你们不用怕,我知道你们兄弟本不是忘恩负义之徒,你们是想着远在朝歌的父母妻子。现在我就出一个计策让你们把父母妻子都接来西岐。"晁氏兄弟一听感动得热泪直流,不住地磕头。

闻太师正在府中焦急地等待晁氏兄弟的打探结果,忽然家将来报,晁雷风尘仆仆赶回朝歌,前来求见。闻仲赶紧让晁雷进府答话。晁雷见了闻仲,气喘吁吁,一脸委屈地说:"末将等到了西岐,与南宫适等连战数日,未分胜败。但是我军粮草供应不上,我就派人请氾水关韩荣接济我们粮草,但是韩荣不肯,因此返回朝歌请太师定夺。"闻太师一听,这粮草是将士的生命,赶紧命晁雷从朝歌再领三千兵马,一千车粮草火速返回前线。晁雷领命,秘密地把自己的家属混在三千人马中,顺顺利利前往了西岐。

等到晁雷差不多已经过了五关,闻仲才恍然大悟:韩荣忠心耿耿,不会不给粮草,自己这是中了姜子牙的计了。闻仲怒火中烧,飞鸽传书青龙关总兵张桂芳,命他领十万兵马,兵发西岐。张桂芳得到了闻太师的命令后,调集人马粮草,日夜兼程,没多久就来到了西岐城的南门外,扎下大营。

先锋官风林头一个来到城下挑战。不等姜子牙排兵布阵,文王的第六子姬叔乾就打马出了南门,来到阵前与风林动起了手。等到姜子牙率领人马在城下排开了队伍,姬叔乾已经与风林打了三十个回合。风林见凭真功夫取胜困难,就拨马诈败,姬叔乾不知,以为他败,在后边紧追不舍。追着追着,风林回头把嘴一张,吐出一股黑烟,变成了一道网,网里有一个碗口大小的铁珠,朝着姬叔乾打来,姬叔乾躲闪不及,被打落马下,当场死亡。

姜子牙一见六王子战死,无心再战,抢回了姬叔乾的尸体,返回西岐城,城里为姬叔乾置办丧事咱们不表。第二天,风林又来骂阵,这次南宫适出战迎敌。二人正在大战,张桂芳看见了子牙身旁的黄飞虎,纵马朝黄飞虎杀来,黄飞虎急忙催动五色神牛与张桂芳打在一处。这张桂芳也会些邪术,两军交战,他只要知道对方的名字,叫一声,就能把对方叫得滚下坐骑。

再说风林和南宫适打了一阵,依旧用老办法诈败,这南宫适仗着自己英勇,没有吸取昨天的教训,仍旧紧追,结果被铁珠打下战马,被风林活捉。与此同时,张桂芳也大喊一声:"黄飞虎下来!"黄飞虎只觉得天旋地转,从五色神牛上摔了下来。黄明和周纪赶忙上前挡了一下张桂芳,才把武成王抢回了本方队伍。张桂芳大获全胜,领兵回营,姜子牙则是愁眉不展,在城头高挂"免战牌"。

姜子牙这一天正在府中苦想破敌的办法,忽然有人来报,有一个道童求见。姜子牙赶忙叫人将道童迎进府中。道童一见姜子牙,俯身下拜:"小侄太乙真人徒弟哪吒,参见姜师叔。"姜子牙用手相搀,武成王也过来说起自己曾经被哪吒相救的事。哪吒问子牙："师叔,我来西岐的路上,见城头高挂免战牌,不知碰到了什么样的强敌?"姜子牙就将风林、张桂芳的厉害说了一遍。哪吒说:"这两个人的雕虫小技,不足为虑,明天侄儿去会会他们。"

第二天,哪吒来到了两军阵前,先是与风林交了手,战了二三十个回合,风林故伎重演,又是口吐黑烟,结果被哪吒用手一指,黑烟就灭了。风林见自己的法术被破了,就赶紧逃跑,结果还是被哪吒一乾坤圈打折了左臂。张桂芳见风林惨败,自己来战哪吒,他先问道:"这位小道童,你本领不小,不知道叫什么名字?"哪吒心想,知道我的名字你也赢不了我,因此毫无顾忌地说:"在下姓李名哪吒,怎么样,你可以喊喊我的名字看看法术还管不管用!"张桂芳一见哪吒已经看破了自己的心计,就索性大喊:"李哪吒下来!"哪吒站在风火轮上纹丝未动。张桂芳又连喊了第二声、第三声,结果还是毫无作用。原来张桂芳这法术对平常人百用百灵,但是哪吒已经不是肉身,乃是莲花化身,因此毫不管用。张桂芳一见自己的法术也不灵了,就拨马逃跑,结果与风林差不多,他的右臂被哪吒一金砖打折了。风林、张桂芳这一惨败,使他们把大军后撤了五十里,才又扎下营寨,同时急忙修书向闻太师求救。

虽然暂时把张桂芳的兵马退了,但是姜子牙心里仍然不踏实,心想如果张桂芳又搬来高人,我们该如何是好。于是他辞别了武王,借土遁来到了昆仑山玉虚宫,求见元始天尊。元始天尊在八卦台上闭目静坐,子牙跪倒说道:"弟子参见师父"。元始天尊道："我正有事找你。现在叫南极仙翁将'封神榜'交给你，你在岐山上造一座封神台，将'封神榜'挂在台上，以便将来封神。至于你心中所想张桂芳之事，到时自然有高人相助，你去吧。但你此去，路上有人叫你千万不可答应。"子牙不敢多问，退出了玉虚宫。师兄南极仙翁走过来，将封神榜交给了子牙，并嘱咐路上有人叫千万不可答应。子牙拜别了师兄，刚想驾土遁，真听见有人喊："姜子牙！"子牙没有答应，又听得喊："姜子牙！"子牙还是没有答应。那人又说："好你个姜子牙，当了个丞相，就忘记了师兄弟！"子牙一听这话赶忙回头，一看原来是师弟申公豹。

申公豹问："师兄，听说你现在保武王，而我想保纣王，不如你和我一起去保纣王怎么样？"子牙一听，不高兴地说："保武王，既是应天道也是遵师命，怎么能保纣王呢！"申公豹一阵冷笑："哼，我就偏要保纣王，你不过是才修炼了四十年，能有多大道行，咱们走着瞧。"说完，申公豹化作一股青烟没了踪影。子牙不知道，他就因为与申公豹答了话，上天就要让他多出许多的劫难。

长话短说，子牙返回西岐，路过东海，解救了黄帝大战蚩尤时被蚩尤打入东海不得解脱的黄帝的总兵官柏鉴，命他负责修造封神台；又碰见在朝歌时被他放过了的五个精灵来投奔，就让他们协助柏鉴修造封神台。子牙回到相府，得知张桂芳一直没敢再出兵，心才渐渐平定下来。

再说闻仲，接到张桂芳的紧急奏报，心里着急，就要亲自领兵出征。这时，徒弟吉立过来劝道："师父，现在朝中无人，您不便亲征啊,您不如去三山五岳之中寻找些师兄弟帮忙。"闻仲一听,这的确是个好办法。原来闻仲也曾学过道,拜在截教的金灵圣母门下。闻仲说走就走,提了两根金鞭,骑了墨麒麟,腾云驾雾,来到西海九龙岛。

闻太师见岛上有一道童正在玩耍,上前说道:"小童儿劳你禀报你的师父们,就说朝歌闻太师来访。"道童急忙进了一座山洞,不一会儿,洞中笑声朗朗,走出四人,其中一人说道:"闻兄,是哪阵风把你吹到了我们九龙岛啊?"闻仲道:"说来惭愧,现在西岐造反,昆仑山门下的姜子牙连伤了我几员大将,没有办法,想请几位出手相助,到西岐帮一帮张桂芳。"又一个人说道:"闻兄相请,怎能推辞,就让咱们兄弟四人走一趟吧。"其他三人纷纷点头称是。原来这四人是九龙岛四圣,分别叫王魔、杨森、高友乾和李兴霸。

闻太师一见四人答应了,高高兴兴返回了朝歌,四圣则各自骑上自己的坐骑来到了西岐城外的张桂芳大营。张桂芳听说是闻太师请来的高人,赶忙将四圣迎进了大帐,热情款待。第二天,张桂芳在四圣的催促下,再次兵至西岐城下,要姜子牙出城迎战。子牙在相府中听说张桂芳又兵临城下,心知必定请了高人。子牙城下列开队伍,忽见从张桂芳身后窜出了四匹怪兽,这些怪兽面目狰狞,怪兽之上端坐着青脸、白脸、红脸、黑脸四个道士。

子牙这边的战马一见这四匹怪兽都吓得骨肉酸软,众多大将纷纷跌下马来,就连姜子牙也不例外。只有黄飞虎的五色神牛不惧怕这些怪兽,哪吒脚踏风火轮不受影响。子牙整理整理衣服，步行来到四圣面前，施礼道："不知四位道友来自何处洞府，有何赐教?"老大王魔道："我们四人乃是九龙岛四圣，因闻太师邀请，前来助阵。你若依我三件事我们马上就返回九龙岛。"子牙问："不知道是哪三件事?"王魔道："一、要武王称臣；二、要犒赏我军；三、要交出黄飞虎。"子牙道："道兄所说，且容我们返回城里商量，三日后给您答复。"说罢，双方回城的回城，回营的回营。

第十一回

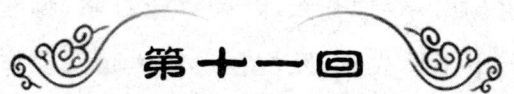

海岛四圣逢劫数
魔家四将待封神

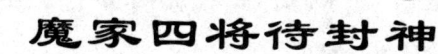

　　且说姜子牙回到相府，黄飞虎跪倒在地，说道："请丞相将黄某交给四圣，免得连累武王和西岐啊。"子牙道："黄将军不必多虑，刚才我在城外说给我三天时间，这是缓兵之计，我现在就再去一次昆仑山。"说完，子牙借土遁来到了昆仑山。元始天尊见子牙又跪在八卦台前，问道："九龙岛四圣找你的麻烦，坐骑还长得凶恶，吓坏了战马，是吗？"子牙点头称是。元始天尊接着说："念你肩负封神大任，现在我就把我的坐骑神兽四不像送给你，再给你一支打神鞭，你去吧。"子牙遵从师父之命，骑上四不像，手提打神鞭，返回西岐。

　　九龙岛四圣在城外等了整整五天也不见姜子牙出来，就知道中了姜子牙的缓兵之计。四圣大怒，来到城下骂阵，不一会儿，只见姜子牙骑着四不像带领兵马出了城门。王魔道："姜尚，咱们约好三日，现在已经是第五天，你原来是用的缓兵之计，弄来了四不像与我们对抗。既然如此，咱们闲话少说，交手见高低！"说罢，王魔催动坐骑奔姜子牙而来。哪吒一见，大喊一声："不要伤我师叔，我来战你！"脚踏风火轮与王魔打在一处。哪吒与王魔打得正欢，在一旁观战的杨森忽然从怀里掏出一粒"开天珠"朝哪吒打来，哪吒没有防备，被一下子打下了风火轮，跌倒在地。王魔就要取哪吒性命，黄飞虎赶忙把枪一摆，冲了过来，救回了哪吒。杨森一看，朝着黄飞虎又是一"开天珠"，黄飞虎被打下了五色神牛，晁田、晁雷赶紧将黄飞虎救回。

王魔、杨森来战姜子牙，姜子牙挥动宝剑与二人交手。正打着，一旁观战的李兴霸掏出"辟地珠"，照着子牙就是一下，子牙被这暗器一下击中了前胸，催动四不像往北海方向败走，王魔在后紧追不舍。王魔见追不上子牙，就也取了一粒"开天珠"朝子牙打来，这珠子都是宝物，百发百中，子牙被打下了四不像，顿时气绝身亡。王魔抽出宝剑，正要取下子牙的首级，忽然听得空中有人喊道："不要伤我师叔，金吒来也！"王魔抬头一看，一个道童已经飘落在眼前。王魔道："小道童，你胆敢阻我取姜子牙的人头，我也要了你的命！"说着，王魔举宝剑直奔金吒。金吒连忙后退，同时从兜里取出了"遁龙桩"，往空中一扔，四面生风，雨雾迷空，困住了王魔，不一会儿就把王魔绑在了黄澄澄的柱子上。这"遁龙桩"的厉害哪吒也是尝过的。金吒见绑了王魔，手起剑落，把王魔斩了。

金吒又取出下山前师父给的丹药给姜子牙灌了下去，不一会儿，子牙死而复生。一见金吒，不知道这小道童是谁。金吒赶忙施礼道："师叔在上，小侄乃是文殊广法天尊的徒弟，名叫金吒，奉师命下山协助师叔。"子牙一听，喜出望外，骑了四不像和金吒返回西岐。

金吒进了西岐与众将见面,并和弟弟哪吒团聚放下不表,再说张桂芳的大营中,杨森见王魔追赶姜子牙很久没回,知道事情不妙,掐指一算,原来大哥已死,火冒三丈,与高友乾、李兴霸又来西岐城下骂阵。金吒对子牙说道:"师叔,我们就再和他们一战,定能取胜。"子牙点头,率领人马又出城来。话不多说,哪吒和金吒来战杨森和李兴霸,子牙来战高友乾。打着打着,子牙想,我何不使用一下师父赐给的打神鞭。说时迟,那时快,子牙取出打神鞭往空中一抛,打神鞭过处雷鸣电闪,高友乾躲闪不开,被打神鞭打得脑浆迸裂,死于非命。杨森一见高友乾惨死,稍一分神,被哪吒一乾坤圈击中后背,吐血身亡。李兴霸一见,慌忙败逃,骑着怪兽腾云驾雾而走,金吒一时追赶不上。

李兴霸跑了一阵,见金吒没有追赶上来,就落在一座山上,准备休息一会儿。正这时,对面走来一位道童,向李兴霸施礼问道:"请问道长是哪里修行的高人?"李兴霸答道:"我乃九龙岛四圣之一李兴霸。"道童一听,满脸高兴,说道:"我叫木吒,奉师命去西岐帮助姜师叔。师父吩咐说,你在路上遇见李兴霸,把他捉了,也好给师叔一份见面礼。没想到你就是那见面礼。"李兴霸一听怒上心头,催动坐骑来战木吒,木吒肩膀一摇,从背后飞出两把宝剑,名叫"吴钩",一雄一雌,直奔李兴霸,李兴霸左躲右闪,终于一个躲闪不及,被斩落坐骑,横尸山上。

再说姜子牙等人,在一场厮杀中已经斩了张桂芳和风林,只等金吒回来。不多时金吒返回,但是没有追赶上李兴霸。子牙依然十分高兴,率领众将回到相府。大家刚刚落座,有人报府外有一道童求见。子牙赶紧命人请进来。子牙一见道童刚要询问,金吒赶紧上前说:"师叔,这是我二弟木吒,跟随普贤真人学艺。"木吒又将自己斩了李兴霸的事说了一遍,众将一听无不拍手称快。

闻太师得知前方战败,张桂芳和九龙岛四圣都已战死,心中大为恼火,命老将鲁雄带领十万兵马,费仲、尤浑为参军先行前往西岐,然后自己调佳梦关魔家四将随后出兵。

这一天鲁雄等人来到岐山附近扎下营寨。子牙得知探报,就命南宫适在商朝兵马的对面扎下了营寨。此时正是七月,天气炎热,双方兵马都热得大汗淋漓。南宫适扎营的第二天,晁田来传丞相将令,将兵马调往岐山山顶。南宫适一时摸不着头脑,心想:这么热的天,上了山顶,不是得活活热死吗?但是没有办法,只得按令行事。当天晚上,子牙亲自来到山顶犒劳将士。酒足饭饱后,子牙命人给每位将士发一件棉衣,将士们都不明白是怎么回事。三更时分,子牙来到山顶的一处僻静之地,手执桃木剑,散开头发,口中念起咒语。不一会儿,冷风阵阵,吹遍了岐山。商营中的费仲、尤浑见来了冷风很高兴,和鲁雄开始大摆酒宴,吃喝起来。可过了一会儿,冷风加剧,乌云满天,大片大片的雪花纷纷扬扬落下来,不一会儿堆满了山谷,把商朝士兵一个个冻得满地打转。而西岐士兵因为发了棉衣,则穿得暖暖和和。再过一阵,风更大、雪更猛。到了第二天早上,鲁雄的十万兵马冻死了有一万人,其他人都纷纷逃奔汜水关。子牙领着兵马打扫战场,在一座华丽的大帐篷里,看见了已经被冰冻而死的费仲和尤浑。也许这两个奸臣在死前那一刻终于得承认当年文王姬昌的那一卦是准的。

子牙打扫完岐山的战场,有探马来报,佳梦关的魔家四将已经到了汜水关,就要赶来西岐城。子牙忙带领队伍返回西岐城中,准备迎敌。三天后,魔家四将已经在西岐城外扎下大营,来到城下挑战。子牙来到阵前,仔细看这魔家四将。魔家四将分别是魔礼青、魔礼红、魔礼海、魔礼寿。黄飞虎近前对子牙说道:"丞相,这魔家四将有一段时间曾是我的部下,这魔礼青手里有法宝'青云剑',魔礼红手里有法宝'混元伞',魔礼海手里有法宝'魔琵琶',魔礼寿的皮囊里揣着能吃人的'花狐貂'。我们得小心为好啊。"子牙点点头。

闲言少叙,第一阵哪吒对魔礼海。二人交手几十个回合,哪吒抛出乾坤圈要打魔礼海,在一旁的魔礼红一看,撑开"混元伞",将哪吒的乾坤圈收了。金吒一见弟弟吃了亏,抛出了"遁龙桩",不料也被"混元伞"收了。这时南宫适也催马过来和魔礼青打在了一处。打了十几个回合,魔礼青抛出了"青云剑",一阵黑风平地卷起,黑风中有上万刀枪向西岐军攻来。子牙一见,忙抛出了打神鞭,不料这打神鞭也被魔礼红的"混元伞"收了去。此时魔礼寿也将"花狐貂"掏了出来,本来像老鼠大小的"花狐貂"一下子变得有大象大小,见了西岐兵就吃。子牙只好急忙收兵,退回西岐城。这一仗,西岐损失惨重,死了九员大将,一万多士兵。

子牙一时想不出退敌的办法,就严令闭城不出,高挂免战牌。魔家四将就率兵将西岐团团围住,这一围就是三个月。这一天子牙和黄飞虎正为破敌的事愁眉不展,有人报,有一年轻道士求见。子牙赶忙叫人请了进来。只见这道士长得眉清目秀,最有特点的是额头上长了第三只眼。道士躬身施礼道:"玉泉山金霞洞玉鼎真人弟子杨戬奉师命下山,来助师叔一臂之力。"子牙一见杨戬气貌不凡,心中高兴,忙叫来哪吒等人给杨戬引见,然后又说了被魔家四将围城的事。杨戬道:"师叔可摘了免战牌,明天让小侄去会会那魔家四将。"

第二天,杨戬出门迎敌,哪吒在后边助阵。魔家四将有三个月没有交战,都心中焦急,这回见子牙出城,赶紧列开队伍准备与西岐的将领交手。杨戬一马当先,手持三叉戟来到阵前。魔礼寿过来与杨戬交手,不出几个回合见自己的真功夫与杨戬相差很远,就从皮囊里掏出了"花狐貂",这"花狐貂"又突然变大,一口将杨戬吞进了肚里。哪吒一见,赶紧收兵,回去报告给姜子牙。子牙一听,大感伤心。

魔家四将,得胜回营,大摆宴席。兄弟四个吃到半夜,魔礼寿对魔礼青说:"大哥,我看不如今晚将这花狐貂放进西岐城,让它把姜子牙吃了,就万事大吉了。"其他三人感觉这也是个好办法,魔礼寿就取出花狐貂吩咐了几句,花狐貂直奔西岐城。且说杨戬被这花狐貂吃了,却并没有死,杨戬有九转神功、七十二般变化,他是故意让这花狐貂吃进肚里的。杨戬在花狐貂肚里听了魔家四将的诡计,随着这花狐貂来到西岐城下。他用手把花狐貂的心一捏,然后把那畜生一分两段,现身出来,直奔相府。杨戬叫开了府门,子牙、哪吒等人都是大吃一惊。杨戬将事情经过说了一遍,大家都佩服杨戬的法术高明。杨戬对子牙说:"师叔,我只是来跟您说一声,我还得回去。"哪吒问:"师兄怎么回去?"杨戬一笑,一晃身变成了花狐貂的模样,把哪吒看得不停称赞。

魔礼寿一见花狐貂回来,用手接过一看,并未吃人,有点失望,但是也没多想,就把杨戬放在皮囊内,去睡了。杨戬待在皮囊内,等待时机。

且说清虚道德真君在紫阳洞内练功,忽然心神一动,忙叫人找来黄天化,对他说:"天化,现在是你父子团聚的时候了。我现在就将玉麒麟送给你,再送你法宝'钻心钉',你前往西岐去助你姜师叔一臂之力。"天化遵师命来到西岐相府,给子牙见过礼,与父亲、兄弟们团聚。第二天,黄天化上了玉麒麟出城,要魔家四将前来迎战。魔家四将催马来到阵前,魔礼青头一个与天化交手。不多时,魔礼青手中举起"青云剑",就要动用法术,哪知被天化抢先一步,天化抛出钻心钉,正中魔礼青前心,钻心钉穿心而过,又回到天化手中。魔礼青则栽落马下,一命呜呼。

魔礼红见大哥惨死,前来迎战,没等拿出混元伞,也被天化一钻心钉打死。黄天化抢了混元伞,将里边收来的兵器交还给子牙等人。魔礼海刚要趁机弹奏"魔琵琶",黄天化的钻心钉又将他打落马下。魔礼寿见三个哥哥都死于非命,赶忙去掏花狐貂,不知杨戬正张开嘴等着,一口咬掉了魔礼寿的右手,魔礼寿正疼痛难忍,黄天化一钻心钉打来,正中魔礼寿心口。杨戬从皮囊中出来，摇身一变，现了人形，经哪吒介绍，与黄天化相识，众人皆大欢喜。

魔家四将——身死，等待日后子牙封神不提，且说闻仲在朝歌接到汜水关总兵韩荣的奏报说是魔家四将已经阵亡，他再也坐不住了，提三十万大军，拜别纣王，奔西岐而来。这闻仲的手下也是人才济济，这一来，将是一场大战。

闻仲为了缩短行程，没有走过五关的大路，而是取道青龙关，赶往西岐。这一天正走着，闻仲突然抬头一看，见道旁的山上有一块巨大的石碑，上面写着三个大字"绝龙岭"。闻仲停下墨麒麟，脸上有惊恐之色。徒弟吉立连忙过来询问："师父，您为什么停下不走呢？"闻仲道："我当年在碧游宫跟随金灵圣母学道时，师父告诉我一生中不能碰见'绝'字，否则性命堪忧，现在竟然见到了'绝龙岭'三个字，因此心里不安。"吉立劝道："师父不必担忧，大丈夫不可能因为一个字定祸福。以师父的才能，定能平定西岐。"闻仲不再答话，率领兵马来到了西岐的南门外扎下营寨，西岐探马赶紧报告姜子牙。

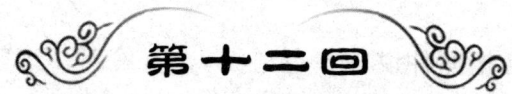

第十二回
闻太师兵伐西岐
姜子牙死里逃生

  子牙得知闻太师已经兵临城下，知道难免又是一场恶战，不知道又该有多少将士血溅沙场，因此心里不安。正这时，有人报闻太师差人前来下书。子牙命人打开城门，下书人来到相府，信上写约子牙三日后在西岐城外一战，子牙修书迎战。

  长话短说，三天后，双方大军会兵西岐城下。闻太师见子牙端坐在四不像上，左右两侧分别是杨戬、哪吒、金吒、木吒、黄天化、黄飞虎、南宫适等人，果然是人才济济。闻太师催动墨麒麟来到阵前，请子牙答话，子牙也催动四不像来到阵前，向闻仲深施一礼。闻仲责问道："姜尚，你们西岐擅自立武王，并收纳了叛臣黄飞虎，又接连伤我商朝大将，你可知罪吗？"子牙笑着说："太师此言差矣，武王继承父亲的职位，天经地义。现在天子昏庸，四方诸侯反叛，这也是大王有过错在先。大王残害了武成王的夫人、妹妹，犯了有失礼数的大错，这才逼得黄将军投奔西岐。至于说连伤您几员大将，我还要问太师，我们并未像其他诸侯一样谋反，我们未曾兵出西岐地界，倒是您的将领一次次杀到我们西岐境内，这是为什么？"

几句话把闻仲说得脸色通红，无言答对。这时闻仲看见了坐在五色神牛之上的黄飞虎，催动墨麒麟，大喊一声："哪一员将领将那叛贼给我捉来？""末将愿去！"答话的是闻仲的大将邓忠，手提两柄板斧来战黄飞虎。另一员大将辛环一见姜子牙在旁观战，心想擒贼先擒王，就来战姜子牙。这辛环背后长有一对翅膀，腾空飞起，右手执锤，左手拿钻，向子牙打来。黄天化一见，催动玉麒麟来战辛环。闻太师此时也挥动雌雄金鞭，来战姜子牙，子牙摆宝剑招架。打了二三十个回合，闻仲将雄鞭往空中一抛，原来这雌雄金鞭是两条蛟龙化成，这雄鞭化作一条蛟龙向子牙攻来，子牙躲闪不及，被雄鞭打中左臂，掉下四不像。闻仲往前一带墨麒麟，来取子牙首级，杨戬挥动三叉戟挡住了闻仲的金鞭。闻仲又将雄鞭抛在空中，雄鞭向杨戬打来，杨戬也不躲闪，这雄鞭打在杨戬的头上，冒了一串火星，杨戬却安然无事。

闻太师一见忙收了金鞭，子牙趁机领着人马败回西岐城。子牙进了相府，心中不服，养了两天伤，第三天再出西岐城。闻仲赢了第一阵心中高兴，又来和姜子牙对阵，一见子牙这回手里换了兵器，不是一柄宝剑，而是一竿鞭，这正是打神鞭。子牙手提打神鞭与闻仲交了手，二三十个回合后闻仲依然是老办法，抛起了雄鞭，这回子牙也不怠慢，将打神鞭也往空中一抛，鞭打鞭，只听一声巨响，打神鞭将闻太师的雄鞭打成两段，落在地上。闻仲一看，心里一惊，此时打神鞭已到身边，将闻仲打下了墨麒麟。闻仲赶忙借土遁逃回了大营。

子牙大战闻太师

闻仲回到营里，闷闷不乐，自己的雌雄双鞭已经失去一个，这不是好兆头，于是喝起闷酒来。不知不觉这酒已经喝到掌灯。闻仲忽然听见营中喊杀声震天，他一下子猜到，这是姜子牙来劫营了。闻仲赶紧上了墨麒麟来组织迎战，但是为时已晚，粮草已经被杨戬放了一把大火烧光了。闻太师无奈，只好命吉立、辛环、邓忠等人率领兵马往岐山方向撤退，这一退就是五十里。

子牙等人劫营成功，收了队伍回到相府庆祝。众人正喝得高兴，忽然有人来报相府外有一个道童求见。子牙忙叫人请进府来。众人一见，这道童长得青面獠牙，眼似铜铃，背后还有一对翅膀，都感觉奇怪。这道童向子牙深施一礼道："云中子徒弟雷震子拜见姜师叔。"子牙一听雷震子这名字，想起了文王曾经跟他说过的入朝歌见到雷震子，回西岐又得到雷震子相救的事，非常高兴，赶紧给众人引见，然后又带着雷震子来见武王。武王听说自己的这个弟弟来了，也非常高兴，命人重新摆下酒宴，为弟弟接风。

再说闻太师，兵败五十里，不免长吁短叹。吉立一见过来劝道："师父，您不必发愁，您还可以到三山五岳请些道友来助阵啊。"闻仲一听，恍然大悟，赶忙骑了墨麒麟，腾云驾雾来到东海金鳌岛。闻太师到了金鳌岛，发现岛上竟然不见人影，心里纳闷，心想：难道这金鳌岛十天君都不在岛上？于是转身要走。正这时，背后有人喊道："闻兄，张望什么，我们已经等你多时了。"闻仲回头一看，正是金鳌岛十天君的头一位秦天君。闻仲疑惑，问道："道兄怎么说等我多时了？"秦天君道："前几日申公豹道兄前来金鳌岛，说你在西岐有难，要我们去西岐助你。现在我们十兄妹正在日夜操练十绝阵，正好今日完成，我们正要前去，不想你先来了。"闻仲一听，欣喜异常，心想这阐教之中想不到还有申公豹这样的人帮助我们截教门人，向空中拜了拜申公豹，和金鳌岛十天君一起来到了岐山。第二天，闻仲拔营，又从岐山来到了西岐城下驻扎。

　　杨戬见闻仲又回，忙禀报姜子牙。子牙道："闻仲此次去而又回，定是请来了高人，我们得小心谨慎。"第二天，闻仲、姜子牙又会兵西岐城下。姜子牙只见闻仲身后有十个道人，都骑着梅花鹿。不等闻仲上前，秦天君催动梅花鹿来到阵前，要姜子牙答话。二人客套一番之后，秦天君道："我们兄妹十人现在练了十绝阵，不如我们就阵内见分晓，也免得士兵们打打杀杀，死伤太多。"子牙道："道兄这个办法也好，不知可否让我们先观观阵。"秦天君道："既然请你们破阵，当然得先让你们观观阵。"两个时辰后，十绝阵摆完，子牙带着哪吒、杨戬前来观阵。既然是观阵，这阵内的玄妙就没有展示出来，因此子牙等人看后只是知道这十绝阵分别叫"天绝阵"、"地烈阵"、"风吼阵"、"寒冰阵"、"金光阵"、"化血阵"、"烈焰阵"、"落魂阵"、"红水阵"、"红砂阵"。观完阵，秦天君问："不知子牙兄何时来破阵？"子牙道："破阵不难，我见你们这阵现在只是摆了个样子，还没完全摆好，等你们摆好了我们再来破阵。"说完，子牙率领众人返回西岐城。回到相府，哪吒问："师叔，这阵真的不难破吗？"子牙摇摇头说："这是截教幻术，我根本没有见过，破阵不易啊，我那么说，只是不能示弱而已。"众人一听，都很犯难。

闻太师回到营里，大摆宴席宴请众位道友。大家正喝得高兴，"落魂阵"阵主姚天君说："依我之见，要破西岐，根本不用十绝阵。只要我略施法术，要了姜子牙的命，破西岐就指日可待了。"闻仲一听，连忙问："道兄要是真能如此，真是我商朝大幸啊！"姚天君更加得意地说："闻兄只需给我二十一天，姜子牙必死无疑。"说完，姚天君退出酒宴，来到"落魂阵"，命人筑了一个土台，在台子上摆上香案。香案前放了一个草人，上边写上"姜尚"的名字。草人头顶上放了三盏油灯，为催魂灯；脚下放了七盏油灯，为催魄灯。姚天君手中执剑，口念咒语，对着草人一日拜三次。

且说子牙回到相府和众人商议破阵的办法，不知不觉已经到了第七天。这一天，姚天君已经把子牙的三魂七魄拜走了一魂二魄，这一魂二魄飘飘摇摇来到了"落魂阵"，进入了草人之中。子牙这一天开始心烦意乱，坐卧不安，众人都以为子牙是因为想不出破阵的办法急的，因此没往心里去。到了第十五天，子牙已经被拜走了二魂四魄，子牙开始在府中大睡不醒，众人都不明原因，心想大敌当前丞相怎么能这么贪睡呢？但是也没有办法。到了第二十天，子牙已被拜走了二魂六魄，只剩一魂一魄，飘飘摇摇出了子牙的身体，赶往昆仑山而来。南极仙翁正在昆仑山闲游，忽然见有一魂一魄朝昆仑山飘来，仔细一看原来是子牙的魂魄。南极仙翁赶忙从腰中解下宝葫芦，将子牙的一魂一魄装在了里面。南极仙翁来到玉虚宫拜见元始天尊，请教救子牙的办法。元始天尊道："此事你去八景宫请教你师伯吧。"

南极仙翁赶忙驾仙鹤来到玄都山玄都洞八景宫求见师伯老子。南极仙翁见了老子，双膝跪倒，道："小侄参见师伯，愿师伯万寿无疆。"老子一笑，道："你是有事求我吧。姜子牙该有此劫难，这是天数。现在你拿着我的太极图，可将姜子牙的魂魄救回。"南极仙翁从童子的手中接过太极图，千恩万谢之后，驾鹤来到西岐城。杨戬等人一见师伯乘鹤而来，知道肯定是为师叔的事，纷纷跪倒迎接。当晚三更时分，南极仙翁驾鹤来到"落魂阵"，只见姚天君正在一个草人之前满头大汗地口念咒语。原来这姚天君见已到了第二十一天，但姜子牙还有一魂一魄没有拜来，因此心中着急。他哪里知道那一魂一魄已经装在了南极仙翁的宝葫芦里。

南极仙翁见姚天君在那里作法，将太极图打开来，这太极图化成了一座金桥，闪着五彩光芒，南极仙翁脚踏金桥，来到了稻草人前。姚天君一见有人来抢稻草人，忙掏出一把黑砂，朝南极仙翁打来。这黑砂十分厉害，即便是得道成仙的被这黑砂打了也得丧失五百年功力。但是因为南极仙翁站在太极图化成的金桥上，这黑砂到不了跟前就化成了飞灰。南极仙翁赶紧抢了稻草人就走，驾鹤返回西岐城。来到相府，南极仙翁将稻草人中的二魂六魄和宝葫芦里的一魂一魄，施用法术重新入了子牙的身体，子牙这才长出一口气，苏醒过来。南极仙翁见子牙已经没事，将太极图留给了子牙，离开西岐，返回昆仑山。

子牙虽然死里逃生，但是仍旧想不出破阵的办法，正在着急，杨戬高高兴兴进来禀报，有十二位道人前来西岐给子牙助阵。子牙一听，赶忙率领杨戬、哪吒等人接了出来，只见这十二位道人分别是：黄龙真人、广成子、赤精子、巨留孙、太乙真人、灵宝大法师、文殊广法天尊、慈航道人、普贤真人、玉鼎真人、道行天尊、清虚道德元君。子牙与各位师兄弟一一见礼，杨戬、哪吒等人先是给各自的师父跪下磕头，然后又分别见过诸位师伯师叔。大家正在叙旧，只见空中来了一匹八叉梅花鹿，鹿上端坐一位道人，这乃是灵鹫山圆觉洞的燃灯道人。姜子牙连同其他十二位师兄弟见燃灯道人到来，都上前施礼，口称师兄。

　　燃灯道人下了八叉梅花鹿，来到相府，对众人说道："我这次前来西岐，就是于子牙代劳，和众位道友一同破阵，但此次破阵将折损我方八人，这是天数。"众人一听，不免长叹。正这时，邓忠前来下战书，要姜子牙三日后去破十绝阵，子牙当即应允。

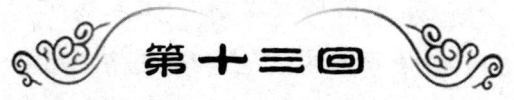

第十三回
十天君连丧六命
赵公明负气出山

　　三天后，西岐城外十绝阵都已摆完。燃灯道人率领众人先来到天绝阵前，只见秦天君从天绝阵中飞出，一拱手道："不知哪位先来破我的天绝阵。"燃灯道人掐指一算：这天绝阵中应该折损我方一人，但现在这些人都不应有此劫难。正在疑惑，空中有风声响动，飘落一个道人，手持方天画戟，大声说道："昆仑山门人邓华奉师命前来破阵。"说罢，挥动方天画戟与秦天君打在一处。秦天君并不恋战，打了几个回合，进了天绝阵，邓华也跟进了天绝阵。秦天君一见邓华进阵，飞身上了阵中央的土台。台上有三杆小旗，秦天君将三杆小旗拿在手中，口里念起咒语，将小旗左右摆动三下，阵里顿时电闪雷鸣，邓华被震得分不清东西南北，倒在阵中。秦天君飞身来到邓华身边，手起剑落，取了邓华的首级，又出了天绝阵，狂妄地喊道："邓华已死，还有哪个前来送死？"

　　燃灯一见，对文殊广法天尊道："你去破阵。"文殊广法天尊领命，跟随秦天君进了天绝阵。文殊广法天尊进了阵来，用手向下一指，脚底下顿时踩了两朵白莲花，漂浮而行。秦天君大笑道："你以为两朵莲花就能保你无事？"说着，又飞上土台，挥动小旗，雷声阵阵。文殊广法天尊听得雷声，张开嘴，口中吐出了一朵硕大的金色莲花，莲花飞上头顶，罩住了天尊的身体。秦天君赶忙又接连晃动小旗，但是天尊纹丝不动，只见天尊随手抛起"遁龙桩"，不一会儿把秦天君绑在了黄澄澄的柱子之上，天尊飘身过去，手起剑落，取了秦天君的首级出了天绝阵。

赵天君一见天绝阵已破，来到阵前大呼："谁敢闯我的地烈阵？"燃灯道人命道行天尊的弟子韩毒龙前去破阵。韩毒龙手提宝剑，跟随赵天君进到地烈阵中。赵天君飞身上了阵中的土台，拿起一面五色小旗，左右摇动，口念咒语，阵内顿时生了许多奇怪的云彩，将韩毒龙围在当中。突然，怪云中蹿出条条火龙，韩毒龙还没弄明白怎么回事，就被烧成了飞灰。赵天君得意地出阵来，大喊道："韩毒龙已死，还有哪个前来？"

道行天尊正要为徒弟报仇，燃灯道："巨留孙，你去破阵。"巨留孙领命，随赵天君来到阵中。赵天君仍旧上了土台挥动五色小旗，巨留孙连忙一拍脑门，头顶上升起了一片祥云，罩住身体。正当四面怪云升起时，巨留孙抛出了法宝捆仙绳，一眨眼将赵天君捆了，越捆越紧。巨留孙活捉了赵天君，破了地烈阵。

连破两阵，燃灯道人鸣金收兵，返回了西岐城。众人一见胜了两阵，都跃跃欲试，只等去破第三阵。但燃灯说道："要破这第三阵风吼阵，需要有定风珠啊。"子牙忙问："哪里有定风珠？"燃灯道："九鼎铁叉山八宝云光洞杜厄真人那里有,我现在修书一封,可让散宜生和晁田前去借定风珠。"闲言少叙,散宜生和晁田拿着燃灯道人的书信,到了八宝云光洞顺利借来了定风珠,返程回西岐,来到黄河边上却不见了渡船。

散宜生对晁田说道:"这来时还有许多渡船,怎么一两天就一只都没有了呢?"二人正在纳闷,有路人经过,对他们说:"你们是在等渡船吧。告诉你们吧,现在五里外有个渡口,有两个大汉,他们恃强凌弱,不让别人撑船,只能去坐他们的船了。"散宜生和晁田赶到五里外的渡口一看,果然有两个大汉在那里撑船。晁田近前一看,这两个大汉不是别人,正是当初救过殷郊、殷洪两位殿下的方相、方弼兄弟。晁田与方相、方弼原本在朝歌时就关系不错,这回等晁田说明了事情经过,方相、方弼兄弟愿意投靠武王,一同来到西岐。

子牙一见取回了定风珠,又收了方氏兄弟,十分高兴。次日,燃灯等人又来破风吼阵。董天君在阵前站定,大声问:"谁敢来破我的风吼阵?"燃灯看了看左右,看见了方弼,长叹一声:"天数如此,方弼你去风吼阵走一遭吧。"方弼哪里知道风吼阵的厉害,赶紧领命随董天君进了风吼阵。董天君飞身上了阵中土台,抄起一面黑色小旗,口念咒语,将黑旗摇动,顿时黑风四起,风中有千万把刀剑向方弼刺来,方弼躲闪不开,被乱刀刺死阵中。董天君出了寒冰阵,大叫道:"燃灯,派个懂法术的进阵来。"

燃灯对慈航道人说道:"你去走一趟。"慈航道人揣好定风珠,进了风吼阵。董天君依然像刚才一样施展法术,但是因慈航道人揣了定风珠,黑风刮不起来。董天君正在疑惑,慈航道人已将杨柳玉净瓶抛起,收了董天君,董天君在瓶内顿时化作了清水,一命呜呼。

袁天君见风吼阵被破,来到阵前,大吼道:"谁敢进我的寒冰阵。"燃灯对道行天尊的另一个徒弟薛恶虎说:"你去走一趟。"薛恶虎领命进了寒冰阵,袁天君上了阵中土台,抄起一面蓝色小旗,左右挥动,口中念咒,顿时阵内出现了一座座冰山,冰山上密布着冰刀,向薛恶虎砸来,薛恶虎躲得过第一座冰山,躲不过第二座,被冰刀刺穿胸膛而死。袁天君出了寒冰阵,道:"派个法力高强的来,别让晚辈送命!"

道行天尊见自己的弟子又死,满怀愤怒,又来请战。燃灯道:"这都是劫数,普贤,你去破阵吧。"普贤领命,来到了寒冰阵。当一座座冰山平地升起时,普贤真人将右手拇指和食指一捻,一道白光自指尖升起,白光之上出现了一盏金灯。金灯一照,一座座冰山开始融化。普贤真人肩膀一摇,吴钩剑飞出,取了袁天君的首级。

见寒冰阵被破,金光圣母来到阵前,大喝道:"阐教门人听着,你们连伤了我几位兄长的性命,现在谁敢来会会我的金光阵?"燃灯一算,这一阵又该折损我方一人,但是现在阵前并没有该遭此劫难的人。正想着,空中飘下一人,道:"金光圣母,玉虚宫萧臻奉命前来破阵。"说完,萧臻跟随金光圣母进了金光阵。金光圣母飞身上了土台,只见台上摆着二十一面镜子,金光圣母口念咒语,二十一面镜子照向萧臻,放出万道金光,可怜萧臻被照成了飞灰,丧命阵中。金光圣母出了金光阵道："萧臻已死,再来一个送死的。"

燃灯对广成子说道："你去破阵。"广成子随着金光圣母来到阵中,取了八卦仙衣披在身上,二十一面镜子照在八卦仙衣上,广成子毫发无伤。金光圣母刚要逃走,广成子已经抛出了翻天印,金光圣母躲闪不开,被翻天印打得一命呜呼。

孙天君见又破了金光阵,催动梅花鹿来到阵前,怒气冲冲地问:"谁来破我的化血阵?"他正在说着,天上有一位云游的散仙路过,飘身下来道:"我乃散仙乔坤,路过此地,见你猖狂,特来给子牙帮帮忙。"说完,乔坤随孙天君进了化血阵。孙天君上了土台,拿起一把铁砂向乔坤打来,本来是一把,但是铁砂越长越多,铺天盖地,乔坤无法躲闪,被铁砂打中,化为血水,丧身阵中,这也是他该有此劫数。

孙天君来到阵前,又问:"谁再进阵?"燃灯对太乙真人道:"你去会会他。"太乙真人领命,来到化血阵。孙天君又抓一把铁砂朝太乙真人打来,太乙真人撑开一把纸伞,伞越长越大,铁砂不等靠近纸伞都跌落在地上。孙天君一见对自己不利,就要逃跑,太乙真人已经抛出了九龙神火罩,将孙天君困在罩内,九条火龙在罩里盘旋,不一会儿将孙天君烧成了灰烬。

闻太师一见又被连破了四阵,赶紧下令收兵,退回大营。闻仲一想,这样下去恐怕对自己越来越不利,不如赶紧再找找帮手。闻仲吩咐吉立等人守好营寨,第二天自己奔峨眉山罗浮洞而来。罗浮洞洞主赵公明听说闻仲来访,赶忙出洞迎接。闻仲见了赵公明就是一声长叹。赵公明不解地问:"闻兄为何长叹啊?"闻仲道:"赵兄有所不知。我现在讨伐西岐,屡屡失利。金鳌岛诸位道友摆下十绝阵,现在已经被破了六阵,死了五位道友,被捉了一位道友。今日想请赵兄前去帮忙。"

赵公明一听,大怒道:"姜子牙欺人太甚,我随你去会会他。"说完,赵公明骑了黑虎,跟随闻仲来到大营。赵公明在闻仲大营抬头观望西岐城,只见城头上吊着一人,正是地烈阵阵主赵天君。赵公明一见,气得火冒三丈,即刻叫闻仲点兵将来到西岐城下挑战,点名要燃灯出城应战。

子牙点了兵马与燃灯等人一起来到阵前。赵公明大喝道:"你们阐教屡次伤我截教门人,这是为何?"燃灯道:"我等都是顺应天道,而你们助纣为虐,纵然身死,也是劫数。"赵公明道:"废话少说,谁来与我一战?"黄龙真人骑鹤来到阵前,"赵道兄,我来会你。"二人战在一处。这赵公明果然了得,与黄龙真人大战几十个回合,将法宝捆龙索抛起,绑了黄龙真人。赤精子一见,来战赵公明。十几个回合,赵公明掷出一颗定海珠,珠子闪着五彩光芒。赤精子被照得睁不开眼,被定海珠打了一个跟头。道行天君来战,十几个回合也被定海珠打伤。燃灯赶忙下令收兵。

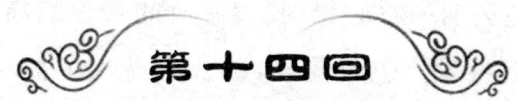

第十四回
陆压阵前显身手
燃灯终破十绝阵

　　赵公明回到大营,命人将绑住的黄龙真人吊在营门口的旗杆之上,也好灭灭燃灯的锐气。西岐城头的士兵一见,赶忙报告给子牙和燃灯。燃灯吩咐杨戬道:"今天夜里,你去把你师叔救回来。"杨戬领命,只等天黑。一更时,杨戬变成一只飞蛾,飞到黄龙真人耳边说:"师叔,我是杨戬,怎么才能救你啊?"黄龙真人道:"你只要把我额头上贴着的符揭掉就行了。"杨戬就将符揭掉,黄龙真人借土遁返回了西岐城。

　　再说赵公明,第二天一早见逃走了黄龙真人,掐指一算原来是杨戬所为,就来到城下点名要杨戬出战。燃灯来到阵前一笑,说:"赵兄,杨戬是小辈,要动手我来奉陪。"说着,二人就动起了手。十几个回合,赵公明又抛起了定海珠,燃灯一见不好,拨鹿往西南方向逃走,赵公明驾虎紧追。

　　不多时,燃灯来到一个山坡,见有两个道人正在下棋。二人抬头见是燃灯道人,忙问缘故,燃灯将被赵公明追赶的事说了一遍。正这时,赵公明追到,两个道人上前将赵公明拦住。赵公明大怒道:"你们是谁,敢拦住我的去路?"二人道:"我们是云游的散仙萧升、曹宝。见你追赶燃灯道人,特来阻拦。"赵公明一听心想，我没有时间跟你们耗着，先用法宝打了你们再说。想到此处，赵公明抛起了捆龙索来捆二人，萧升一见，从兜里掏出一枚金钱，喊了声"落"，捆龙索就落在了金钱之上，被曹宝拿了去。原来这金钱叫"落宝金钱"，宝物见了它就会落下来。赵公明又抛起了定海珠，萧升又喊了一声"落"，定海珠也落在了金钱上，又被曹宝拿了去。赵公明怒火中烧，举鞭来打萧升，这鞭是普通兵器，并不是宝贝，因此落宝金钱不起作用。萧升赶忙举剑接招，但他哪里是赵公明对手，不几个回合被赵公明一鞭打得口吐鲜血，倒地身亡。这时燃灯道人在旁一看，抛起了乾坤尺，赵公明没有宝贝应付，被乾坤尺打在背上，吐了一口血，拨虎逃走。

赵公明逃回闻仲的大营，心里咽不下这口气，两件宝贝被收了，还被打吐了血，他修行了几千年还从没吃过这么大的亏。因此他休息一晚，第二天驾虎来到了三仙岛。这三仙岛上有三位娘娘，分别是云霄娘娘、碧霄娘娘、琼霄娘娘。这三人是赵公明的亲妹妹。赵公明到了三仙岛，将自己在西岐失了宝贝，又被打得口吐鲜血的事对三个妹妹一说，三个妹妹也一时火上心头。赵公明对三个妹妹道："此次我来三仙岛，就是想借妹妹们的一件法宝金蛟剪，也好回到阵前去报仇。"三个妹妹取了金蛟剪交给赵公明，赵公明又来到西岐城下点名要燃灯应战。

燃灯率领众人出了西岐城，曹宝也在燃灯的身旁。赵公明一见大骂道："好你个燃灯，今天我先取了你的狗命，再拿那个曹宝出气。"说完，催动黑虎来战燃灯。打了几个回合，赵公明想速战速决,就往空中抛起了金蛟剪。这金蛟剪在空中,化作两条蛟龙,头尾相接,向燃灯剪来,速度奇快。燃灯一见势头不好,借土遁而逃,但是坐骑八叉梅花鹿却被金蛟剪一剪两段。

燃灯回到相府,喘息未定,有人报有一道士求见子牙和燃灯,子牙忙让人请进府来。道人向燃灯施礼道:"我乃云游散仙陆压,路过此处,见道兄吃了金蛟剪的亏,特来相助。"燃灯一听十分高兴,忙问破金蛟剪的办法。陆压一笑说:"何必去破金蛟剪,只要要了赵公明的性命,还怕什么金蛟剪。"众人一听,此话有理,都等着看陆压如何整治赵公明。

第二天,赵公明又来城下挑战,陆压自告奋勇前去战赵公明。但是两人通名报姓后只打了一个回合,陆压就化作一道长虹返回了西岐城。子牙等人不解,刚要上来询问,陆压一笑,说:"我今天只是看看他的面相。子牙你去岐山立一座土台,土台上扎一草人,写上赵公明的名字,然后把我的符贴在草人上,每天拜三次,二十一天后赵公明就会一命呜呼了。"子牙照办,率人前往岐山。

再说赵公明,和散仙陆压交手才打了一个回合,这陆压就逃回了西岐城,赵公明十分不解。此后接连几天来城下挑战,只见城头高挂免战牌,赵公明只好在大营中等待。等到了第七天,赵公明开始心烦意乱,坐卧不安,此时他的三魂七魄已经被拜走了一魂二魄;等到了第十五天,赵公明开始大睡不醒,此时他已经被拜走了二魂四魄。

闻仲等人一见赵公明大睡不醒,心里十分着急。这时

"烈焰阵"阵主柏天君对闻仲道："十绝阵还剩四阵，我们不如现在去西岐下战书，让他们再来破阵。"闻仲看了看赵公明的样子，点头答应。燃灯接到闻仲的书信，又率领人马出城破阵。陆压不等燃灯吩咐，主动说道："请让贫道去这阵中走一趟。"燃灯点头答应。陆压随着柏天君进了烈焰阵。柏天君飞身上了土台，抄起三面红色小旗，口念咒语，阵中顿时燃起大火，天上火、地上火、三昧真火一起燃烧，将陆压烧在火中。一个时辰过去了，陆压在火里放声唱起歌来，柏天君觉得奇怪，飞身来到火中，只见陆压手里托着一个红葫芦，葫芦口射出一道白光，白光上长出一片绿油油的葫芦藤，罩住了陆压的身体。陆压在藤下好像乘凉一般，十分自在。柏天君挥动宝剑来战陆压，陆压将葫芦底一拍，葫芦口的白光变成了一把利剑，扫向柏天君，眨眼间柏天君人头落地，破了烈焰阵。

姚天君一见，大喝道："陆压，你可敢再来破我的落魂阵？"陆压一笑，也不答话。这时燃灯对方相道："你去破阵。"方相本该有此劫数，跟随姚天君进了落魂阵。姚天君上了阵中土台，一把黑砂朝方相打来，黑砂越变越多，铺天盖地，方相躲闪不开，被黑砂打中，死于阵中。

姚天君出了阵，对燃灯道："你何苦害一个凡夫俗子送命，叫一个有法术的来！"燃灯对赤精子道："你去破阵。"赤精子领命，进了落魂阵。姚天君又抓起黑砂朝赤精子打来，哪知子牙已将太极图交给了赤精子，赤精子打开太极图，一座金桥浮现，赤精子立于桥上，黑砂到不了近前。赤精子取了阴阳镜朝姚天君一晃，姚天君顿时觉得昏昏沉沉，栽倒在地，赤精子过去手起剑落,破了落魂阵。

闻仲一见又破两阵,赶忙收兵。闻太师回营一见赵公明还是酣睡,心里起疑,忙叫来王天君和张天君商量,王天君道:"闻兄,你也擅长卜卦,何不卜一卦看看是怎么回事。"闻仲这才如梦初醒,赶紧卜了一卦,大惊道:"原来是陆压算计赵道兄。姜子牙现在在岐山设台扎草人,要二十一天致赵道兄于死地,现在已是第二十天,这可如何是好。"王天君道:"闻兄别急,今晚我们兄弟二人去岐山将草人抢回来就行了。"

一更时分,王天君和张天君借土遁前往岐山。陆压在西岐忽然心中一动,赶紧掐指一算,原来有人要去岐山抢草人,急忙命哪吒和杨戬前往岐山协助姜子牙。哪吒脚踩风火轮走得快,杨戬在后。再说子牙,正在岐山的土台上作法拜赵公明的魂魄,忽然起了一阵旋风,旋风过后不见了草人,正在疑惑,见哪吒来到。哪吒问:"师叔,可曾有人来抢草人?"子牙恍然大悟:"刚才起了旋风,旋风过后草人就没了。我们赶紧追。"王天君和姚天君抢了草人,驾着旋风往回赶。杨戬正往岐山赶,忽然远处有一阵风来,他感觉不对,在地上抓了一把草,喊了一声"变"。

王天君和姚天君得了手,一见前边就到了闻太师的营帐,收了法术,高高兴兴来见闻仲。闻仲正在帐中等待,见两人回来,忙问:"抢到草人没有?"王天君和姚天君将草人往上一递,说道:"得手了!"闻仲接过草人,对二人说道:"二位稍坐片刻,我去救赵道兄。"说着出了营帐。王天君和姚天君正暗自得意，忽听得一声巨响，所有的营帐都不见了，面前出现了杨戬，杨戬笑着问："二位，我这太师扮得怎么样？"二人大怒，但是一见杨戬的法术如此高明，不敢交手，驾旋风逃走。杨戬也不追赶，奔岐山而来，路上遇见了子牙和哪吒，将经过一说，子牙和哪吒赞不绝口。

再说闻仲，在大帐内焦急苦等，等来的却是王天君和姚天君的空手而回。转眼天亮，时至正午，赵公明的三魂七魄都已被拜没，数千年的修行毁于一旦。王天君一见，怒上心头，驾鹿来到西岐城下大喝："姜子牙，你们害死了赵道兄，现在谁来我的红水阵中送死？"燃灯一见，领人马又出城来，曹宝自告奋勇要去破红水阵。燃灯点头答应。曹宝来到红水阵，王天君已经站在土台之上，手中拿一个红葫芦，将葫芦往地上一摔，红水平地升起，粘到曹宝身上，可怜这云游散仙被化为血水。王天君又出阵来挑战，燃灯对道德真君道："你去破阵。"王天君又将一个红葫芦摔在地上，道德真君将两个袖子一甩，两朵粉色莲花踩在脚下，红水上涨，莲花也上涨。道德真君随即拿出一把八宝扇，对着王天君一扇，王天君大叫一声，化为红色灰尘而死，红水阵被破。

张天君一见，来到阵前问道："谁来破我的红砂阵？"燃灯忙对子牙说："速请武王。"不多时，武王来到阵前，对燃灯施礼问道："道长有何吩咐？"燃灯道："这红砂阵，需要一个身份尊贵、有德行的人才能破，不知武王敢不敢前去破阵？"武王再次施礼道："众位道长都是为西岐百姓而来，今日能用到我，自然敢去。"于是，燃灯往武王前心贴了一道符，命哪吒、雷震子保护武王进了红砂阵。张天君来到阵中土台之上,抓了一把红砂朝三人撒来,红砂越变越多,不一会儿已经没到三人的腰部。张天君又抓红砂撒来,但是红砂被武王的德行镇住,不再上涨,张天君正在迟疑,哪吒的乾坤圈已经抛出,正中张天君的额头,张天君一命呜呼,十绝阵顺利攻破。

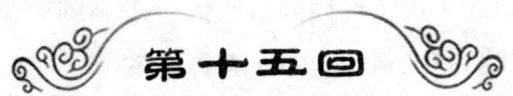

第十五回
黄河阵众仙应劫
绝龙岭闻仲归天

　　子牙等人回到西岐城内庆祝大破十绝阵不提，单说申公豹一直在暗中与子牙作对。他得知赵公明已死，来到三仙岛向三位娘娘报信。三位娘娘一听大哥被陆压和姜子牙等人害死，怎肯罢休，带了法宝来到闻仲的大营。

　　三位娘娘见了赵公明的尸首，放声痛哭。哭罢，三人来到西岐城下，点名要陆压出战。陆压出了城，先与碧霄娘娘交了手。碧霄娘娘报仇心切，打了没有几个回合，抛起了法宝"混元金斗"，这法宝越变越大，向陆压打来，陆压躲闪不开，被吸进了金斗里。三位娘娘返回大营，将陆压头顶用符镇住，然后五花大绑悬挂在了营前的旗杆上。

　　碧霄命人调来五百弓箭手，对着陆压一顿乱射。但是这一支支箭刚一碰到陆压的衣服，都化成了飞灰。三位娘娘一见大吃一惊。云霄一见，取出了金蛟剪，大骂道："该死的陆压，我不信你能逃过我的金蛟剪。"陆压知道金蛟剪的厉害，一见笑道："贫道告辞了！"说完，陆压化作一道长虹，返回了西岐城。子牙等人正在为陆压担心，一见陆压平安归来，大为欣喜，命人筹办酒宴。陆压一摆手道："贫道是向众位来告辞的，日后再见。"说完，一阵清风不见了陆压的踪影。

再说三位娘娘见陆压跑了，气不打一处来。第二天三人点名要姜子牙出战。子牙与琼霄大战，不出几个回合，琼霄抛出了法宝"击目珠"，子牙赶紧用打神鞭招架，这时碧霄在一旁又要抛出混元金斗。杨戬一见，情形不妙，身子一晃，先是变成了一只飞虫来到碧霄身旁，然后猛然变成一只雄鹰对着碧霄就啄，碧霄根本没防范，被雄鹰啄伤。琼霄在一旁一分神，被子牙打了一神鞭。云霄刚要抛起金蛟剪，哪吒的乾坤圈已经到了，打在云霄的左臂上。三位娘娘带伤逃回大营。

回到营里，云霄火冒三丈，让闻仲调集六百大汉，用了半个月时间，造起了一座"九曲黄河阵"。这九曲黄河阵能使神仙损伤元气，减少功力，损伤肢体，非常厉害。大阵建成，三位娘娘命人到西岐下战书，让姜子牙、燃灯等来破黄河阵。

燃灯率众出城，命杨戬、金吒、木吒三人先去破阵，三人随三位娘娘进了黄河阵。不多时，三位娘娘依次出阵，却不见杨戬等人出来，碧霄一阵冷笑，道："燃灯，杨戬等人已被困在阵中，还有谁敢进阵？"这时赤精子不等燃灯吩咐，飘身进了黄河阵，但也是一进不出。长话短说，此后广成子、文殊广法天尊、普贤真人、慈航道人、道德真君等人一一入阵，都是有进无出，阵外只剩下了姜子牙和燃灯道人。

杨戬变化啄碧霄

　　子牙和燃灯道人返回相府，忽然听见空中仙乐阵阵，急忙出府来看，五彩祥云之上一把"飞来椅"，"飞来椅"上端坐着一个白发的老者，仙风道骨，不同凡响，老者周围有四个童子护驾，头一位童子正是白鹤童子。燃灯和子牙一见赶忙跪倒，口称师父。原来是元始天尊驾临西岐，特为破黄河阵而来。燃灯和子牙将元始天尊接进府内，询问破黄河阵的方法，元始天尊道："明天我去看看这黄河阵。"第二天，燃灯、子牙陪着元始天尊来到黄河阵前，白鹤童子高声喊道："云霄、碧霄、琼霄出来接驾。"三位娘娘忙出了大阵，跪倒在地，齐声说："二师伯，弟子们无礼了，请您恕罪。"元始天尊道："三位设下此阵，该是我阐教门人的劫数。只是你们的师父，我那师弟尚且不敢妄为，你们却敢逆天行事。也罢，我去阵里看看。"说着，元始天尊一拍飞来椅，飞来椅腾空而起，飞入阵中。三位娘娘在后边也跟随进阵。元始天尊看完黄河阵正要出阵，琼霄心想既然已经得罪了师伯，那就一不做，二不休，抛出"击目珠"从背后向元始天尊打来。元始天尊也并不回头看，"击目珠"还没等碰到天尊的衣服就化成了飞灰。三位娘娘一见吓得变了脸色。

　　见元始天尊出来，燃灯问："师父为何不破了黄河阵？"天尊道："此事还得问问你的师伯才行。"正说着，天空有乐曲声伴着仙鹤的鸣叫声，元始天尊赶紧下了飞来椅站好，此时老子乘青牛从天空缓缓落下。天尊上前施礼道："有劳师兄驾临。"老子一笑，说："师弟，我们就去破那黄河阵。"说完，老子驾青牛，天尊坐飞来椅，又来到阵中。三位娘娘一见大师伯也来了，心里有些着慌，但是事已至此也不能躲闪，因此都铁了心，云霄，碧霄齐声说道："二位师伯，得罪了。"然后云霄抛起金蛟剪，碧霄抛起混元金斗，一起朝老子和天尊打来。老子不慌不忙，把袖口张开，两件法宝都落入了老子的袍袖之中，被收了。三位娘娘一见法宝被收，只好手提宝剑来战老子和天尊。这二位是什么样的人物，怎么能和云霄她们交手，此时白鹤童子已经来到云霄三人面前，手拿玉如意拦住三人。三人齐战白鹤童子，但是白鹤童子毫无惧色，几十个回合后，只见白鹤童子的玉如意前后翻飞，接连打中云霄、碧霄和琼霄，可怜这三位修炼了数千年的娘娘因为违反了天数，纷纷丢了性命，灵魂赶奔封神台。

老子和天尊破了黄河阵，将黄河阵中被困的众人救了出来。众人赶忙来参见老子和天尊。燃灯忙将太极图双手捧着，来到老子近前说道："多谢师伯的太极图，不仅救了子牙的命，还破了那落魂阵，现在原物奉还师伯。"老子笑道："不忙，这太极图暂留在子牙手里，还能派上用场。"说完，老子和天尊一个驾青牛，一个坐飞来椅，腾空而起，各自返回洞府。

再说闻仲，见先是十绝阵被破，接着九曲黄河阵又被破，只好收兵撤走。不料姜子牙的追兵来得更快，不出十里，闻仲的大军被子牙的追兵赶上，双方又是一场恶战。恶战之中吉立被哪吒的火尖枪挑落马下，邓忠被杨戬的三叉戟取了性命，辛环和雷震子云中大战，被雷震子的黄金棍打成了肉饼。

闻仲一见自己的大将一一折损,慌忙败逃,所剩人马只有几千。闻太师慌不择路,跑来跑去跑到了绝龙岭下,闻仲一见"绝龙岭"三个大字,心里一惊,正要驾着墨麒麟穿过绝龙岭,忽然看见前方站着一个道人,不是别人,正是云中子。闻仲一见云中子,心里不快,上前问道:"道兄,你为何挡我去路?"云中子一笑,说:"闻仲,你该命绝此地,这是天数。"闻仲一听,不再多言,举雌鞭来战云中子。云中子并不和他交手,身子往后飘了数丈,双手一拍,雷声阵阵,雷声过后,平地长出八根巨大的火柱,把闻仲困在当中。闻仲冷笑道:"云中子,你会法术,我就不会?"说着,口中念避火咒,身子往上升起,想从柱子的顶端逃走。

云中子一见,从兜里掏出一只金碗,往空中一抛,金碗越变越大,正好扣在了八根火柱之上。云中子再一击掌,每根火柱之中蹿出八条火龙,总共六十四条火龙团团缠住了闻太师。可怜南征北战数十年,立下赫赫战功的闻仲,也难逃劫数,被烧成了灰烬,灵魂赶往封神台。燃灯等一见十绝阵被破,闻仲绝命,纷纷返回洞府。

再说申公豹,得知闻仲被杀绝龙岭,心中不快,就想再找人去斗姜子牙。这一天申公豹骑虎路过一座山,看见有一个四尺来高的矮子在山上练功,心想可以让这矮子替我卖卖力气。想到此,他来到矮子跟前,问道:"道童,你师父是谁,你叫什么名字?"矮子答道:"我师父是巨留孙,我叫土行孙。"申公豹又说:"我是阐教门人申公豹,与你的师父是师兄弟,我看你修炼了也有上百年,但是你无法得道成仙,只能图个人间富贵。"土行孙听了问:"怎样才能图人间富贵?"申公豹道:"我可以推荐你去三山关邓九公那里谋个差事,邓九公马上就要征讨西岐,到时你在阵前立了大功,自然能大富大贵。"土行孙听了千恩万谢,就要借地行术前往三山关。申公豹拦住土行孙道:"不忙,我听说你师父有宝贝叫捆仙绳,十分厉害,你可以偷出来,下山以后也好用这宝贝在阵前取胜。"土行孙一听,就到师父的住处偷了捆仙绳,前往三山关。

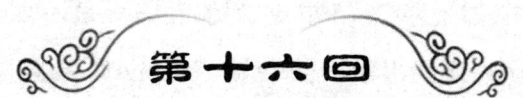

第十六回
土行孙归顺西岐
邓九公中计降周

话说邓九公正在三山关的帅府里端坐,有朝歌使者来传纣王的圣旨:闻太师战死绝龙岭,命邓九公率领十万兵马前去征讨西岐。邓九公领命,和女儿邓婵玉率领十万兵马奔西岐而来。正走着,忽然见一个矮子拦住去路。邓九公命人将矮子领到自己的马前询问,矮子口称自己叫土行孙,手里有申公豹的举荐信。邓九公见这个土行孙长得相貌难看,心里感觉不大舒服,但是又有申道长的举荐信,只好命土行孙做了个押粮官。

这一天,邓九公的兵马到了西岐城下驻扎,西岐探马赶紧禀报给姜子牙。姜子牙命南宫适先率领兵马出城迎敌,邓九公的先锋官太鸾来迎战南宫适,二人大战了几十个回合,太鸾最终还是敌不过南宫适,被南宫适伤了左肩,败回大营。邓九公一见初战失利,心中不快,坐在大帐之中喝闷酒。这时邓禅玉走进大帐,轻声说道:"父亲不必发愁,等明天女儿出战,自然得胜而归。"

第二天,邓禅玉到西岐城下挑战。子牙一听,默默不语。哪吒前来问道:"师叔,您为何默默不语?"子牙道:"这员女将敢来挑战,必然有些旁门左道。"哪吒一听很不服气,道:"师叔,不必担心,让我出城去会会她。"说完,哪吒脚踏风火轮来到西岐城下,和邓禅玉通名报姓之后打在一处。不出几个回合,邓禅玉拨马败走,哪吒一见在后追赶,追着追着,只见邓禅玉回身抛出一块五色石,正中哪吒前额,打得哪吒疼痛难忍,返回了西岐城。

黄天化一见哪吒脸上起了大包,笑道:"哪吒师弟,你出城的时候可不是这个样子啊?"哪吒一听,暗暗生气,但是也说不出什么。黄天化来到子牙跟前道:"师叔,让我去会会这女将,定然取胜。"子牙点头答应。黄天化催动玉麒麟来战邓禅玉。几个回合,邓禅玉故伎重演,又是败走,黄天化紧追,追着追着邓禅玉一块五色石打来又伤了黄天化。黄天化回到相府,哪吒这回可等来了机会,上前道:"天化师兄,你这样子可比你平时好看多了。"二人斗嘴放下不提,子牙见连伤了两将,命杨戬出城迎战。杨戬来到阵前,邓禅玉依然如前,诈败,然后用五色石打杨戬,石头也正中杨戬的前额,但是只擦出了一串火星,杨戬并未受伤。邓禅玉正在疑惑,杨戬则已出手,一三叉戟打来,伤了邓禅玉的后背,邓禅玉败回大营。邓九公一见女儿受伤,心疼得不得了,就下令向手下将领征集最好的治伤药。

不多时,有人报,土行孙说他有最好的治伤药。邓九公赶忙叫土行孙来到自己的大帐。土行孙取出一粒丹药,给邓禅玉服下,不到一刻钟的时间,邓禅玉的伤势痊愈。邓九公一见这土行孙真有些神奇的手段,就问他有没有破敌的良策。土行孙嘿嘿一笑，说："元帅，要是让我出战，恐怕咱们早已经踏平西岐了。"邓九公一听，满心欢喜，第二天就命土行孙接替太鸾担任先锋官，到西岐城下挑战。

哪吒头一天挨了邓禅玉的打，一肚子的气，就先来战土行孙。这土行孙身材矮小，与哪吒前后左右躲闪周旋，几十个回合后把哪吒累得额头上出了汗，却根本碰不到土行孙。哪吒急了，就取了乾坤圈要打土行孙，不料被土行孙抢了先，抛出了捆仙绳，将哪吒活捉。黄天化一见哪吒被捉，来战土行孙。几十个回合也被土行孙用捆仙绳捉了。子牙下令收兵回城。

邓九公见土行孙连捉了两员西岐大将，心中高兴，先是命人将哪吒、黄天化押起来，然后大摆酒宴，与土行孙对饮。渐渐的，邓九公有些喝高了，对土行孙说："土将军，你捉了西岐将领，立了大功。要是你能捉了姜子牙，我就将小女婵玉嫁给你，招你为女婿。"土行孙一听，心里乐开了花。酒宴之后，土行孙来到营外，往土里一钻，借地行术来到了西岐城里。再说子牙，正在相府里商量对付土行孙的办法，忽然心中一动，他忙掐指一算，然后叫来杨戬等人，吩咐应该如此如此。杨戬等人领命而去。

土行孙进了西岐城，左转右转来到了武王的府第。他心想，我要是杀了武王岂不比捉了姜子牙功劳更大。于是，他找来找去，在武王寝室床前的地下钻了出来。土行孙见武王正在床上酣睡，心想真是天助我也，抽出匕首，割了武王的首级。土行孙正要回营请功，不料武王的尸体站起身来，一把抓住了土行孙,将土行孙拎了起来。土行孙吓得额头上渗出了豆子大的汗珠,这时只见武王的尸体摇身一变,变成了杨戬,而土行孙手里那武王的人头也变成了石头。原来是姜子牙已经算出土行孙要来行刺,特命杨戬变成武王模样来捉土行孙。杨戬等人拎着土行孙来到相府外,把土行孙往地上一放,就要去相府禀报,不料土行孙一粘土就不见了踪影。

杨戬见土行孙跑了,忙来禀报子牙。子牙一听土行孙有这样的本领,愁眉不展。杨戬近前道:"师叔,昨天我见土行孙用法宝捉了哪吒和黄天化,那法宝似乎是巨留孙师叔的捆仙绳,我去巨留孙师叔那里问个明白。"子牙点头应允。杨戬借土遁来到夹龙山飞龙洞求见巨留孙。巨留孙听杨戬一说,命童子去找土行孙,找不见,才知道果然是土行孙偷了捆仙绳私自下山了。巨留孙十分气愤,跟随杨戬来到西岐。

第二天,姜子牙骑了四不像来到邓九公大营前挑战,土行孙一见姜子牙前来,想起了自己昨晚吃的亏,就要捆了姜子牙报仇。土行孙来到阵前,与子牙交手,他不知道,巨留孙已经用金光法隐身在云中。土行孙与姜子牙战了十几个回合,求胜心切,就抛出了捆仙绳来捆子牙。巨留孙在空中一见,口念咒语收了捆仙绳,现身出来。土行孙一见师父来到,心里害怕,就要借地行术逃走。巨留孙用手向地下一指,土地顿时变得比石头还坚硬,土行孙施展不了法术,被巨留孙用捆仙绳绑了,带回西岐城。

子牙和巨留孙在相府中落座,命人将土行孙推上来问话。土行孙一见师父在上,连忙跪倒,细说自己被申公豹鼓动下山与师叔姜子牙作对的事,并且说道邓九公许诺只要捉了姜子牙就把女儿许配给他的事。巨留孙听到这里掐指一算,然后对子牙说:"子牙师弟,我算了一算,我这孽障徒弟确实与那邓禅玉有着一世姻缘,不如我们成全了他们,也好把邓九公说服,这样不必双方再动刀兵,也算是土行孙将功补过,好不好?"子牙一听师兄给土行孙讲情并且说得在理,也只好答应。

三天后,散宜生出了西岐城,来到邓九公大营求见邓九公。邓九公心想双方正在交战,散宜生来见自己不知道是什么用意,只好命太鸾等人进帐来,一同商量。不多时,散宜生被请进了大帐,他不谈军事,开口就说:"前两天我们捉了您的女婿土行孙,如今土行孙愿意归降,不知道您和邓小姐意下如何?"邓九公一听,什么女婿,刚要反驳,突然想起了那天酒后失言,一时面红耳赤,支支吾吾。太鸾一见,计上心来,不等邓九公说话,他先说道:"散大夫,我们小姐尚未和土行孙完婚。我家元帅在您没来时也同我等商量有归降之意,但是这小姐的婚事是我家元帅的心上大事。既然土行孙已经归顺西岐,您看能不能请丞相亲自来下聘礼,风风光光地为我家小姐办了婚事,这样我们归顺时在将士面前也有面子。"散宜生一听微微一笑,说:"既然邓元帅有意,我回去一定说服丞相,三日后亲自前来送交聘礼。"说完,散宜生返回西岐。邓九公一见太鸾敢胡乱替自己拿主意,就要发作,太鸾急忙过来说道:"元帅,我这是一计啊。我们当如此如此。"邓九公听后点了点头。

　　三天后，子牙领着一个随从，五十名士兵抬着厚重的礼物来到了邓九公的大营。邓九公和太鸾等人在帐外迎接，邓婵玉也已收拾好，只等父亲一声令下，杀出大营，取了姜子牙的首级。姜子牙不慌不忙和邓九公进了大营，分宾主落座，互相寒暄。寒暄一阵过后，邓九公给太鸾使个眼色，示意太鸾可以行动了，太鸾出了邓九公的大帐，刚要去召集已经准备好的弓箭手，只见土行孙突然从地下冒了出来，抛出捆仙绳绑了太鸾，交给了那五十名士兵。太鸾拼命大喊一声："元帅，我们中计了！"邓九公一听，刚要去取兵器，只见姜子牙身旁的随从已经摇身一变，原来是杨戬，杨戬几下子就抓住了邓九公。再说邓婵玉，听见太鸾一声大喊，就要出大帐，只见土行孙已经站在眼前。邓婵玉刚要去掏五色石，土行孙的捆仙绳又已抛出，捆了邓婵玉。

　　邓九公本来想使用计策捉到姜子牙，不料被姜子牙将计就计，反倒捉了他。邓九公和邓婵玉被押到姜子牙的相府，姜子牙微微一笑，对土行孙道："土行孙，还不去拜见你的岳父？"土行孙一听，厚着脸皮来到邓九公跟前，跪下磕头，一口一个"岳父"地叫着，把邓九公叫得满面通红。子牙又对邓九公说道："邓元帅，知道的是你想使用计策捉我，不知道的还真以为你在嫁女，此事传回朝歌，你认为昏君能了解你的一片苦心吗？自古以来，谈婚论嫁乃是大事，怎能开玩笑，现在你一片忠心定不会得到昏君的认可，又损害了女儿的名节，依我之见你们父女不如就此归顺我大周，一起为天下百姓，如何？"几句话把邓九公父女说得哑口无言。邓九公父女沉思一阵过后,双双跪倒在子牙面前,表示愿意辅佐明主。

子牙一见十分高兴,连忙命人给邓九公父女松了绑,巨留孙走过来又将土行孙和邓婵玉原本有一世姻缘的事说了一遍,邓婵玉也答应了与土行孙结为夫妻,就在相府为他们热热闹闹操办了一场婚事,西岐城内一时间喜气洋洋。

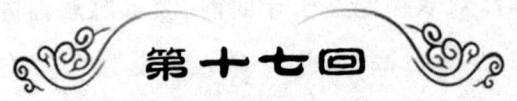

第十七回
冀州侯盼投明主
太极图殷洪绝命

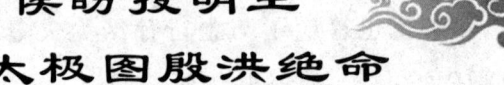

且说纣王在朝歌听说邓九公归顺了西岐,气得暴跳如雷。心想,如今太师已亡,还有谁会对自己忠心耿耿呢?想来想去他还真想到了一人,这个人就是姐己的父亲冀州侯苏护。于是,纣王下令命冀州侯苏护调十五万兵马,兵发西岐。

苏护得到纣王的旨意,赶忙招来自己的妻子和儿子商量。苏护对妻子和儿子说:"现在咱们的女儿姐己已经不是原来那个端庄贤惠的姐己,她迷惑大王,大王如今残害忠良,百姓遭难,我看我们不如借着这次出兵,前去投靠武王,也好不愧对天下。"妻子和儿子听后纷纷点头同意,于是苏护带着家眷,兵发西岐。

苏护来到西岐城下,已经有探马报告给子牙。黄飞虎过来说道:"丞相,我曾与苏护有着很好的交情,苏护这人很明白事理,我到阵前去和苏护见上一面,说不定不用动刀枪,苏护就会归顺我西岐。"子牙一听点头称好。

黄飞虎上了五色神牛,出了西岐城,点名要苏护来到阵前。苏护也知道黄飞虎来叫阵的用意,就打算亲自到阵前将自己的想法和黄飞虎说清,这时大将郑伦走了过来,对苏护说道:"元帅,不过是个黄飞虎,用不着您亲自出马,我到阵前去把他捉来。"说完,郑伦骑了火眼金睛兽,来战黄飞虎。黄飞虎见苏护并未亲自出来,知道一定有些问题,一见郑伦气势汹汹地出来,心想我先打上一阵杀杀苏护的锐气或许更好说话。长话短说,郑伦和黄飞虎战在一处。

打了有三十几个回合,只见郑伦对着黄飞虎哼了一声,鼻孔中喷出两道白光。前文已说,郑伦这两道白光能够震人魂魄。黄飞虎觉得晕头转向,掉下坐骑,被郑伦捉回了大营。

苏护一见郑伦真的捉住了黄飞虎,脸上露出为难的神色,命人将黄飞虎压在了一处大帐之内。一更时分,苏护来到了关押黄飞虎的大帐,亲自给黄飞虎松了绑,一拱手说道:"黄将军,苏护得罪了。本来我接到圣旨,一家老小商量一起来投靠武王,但是手下有数员大将,十五万兵马,我不知道其他人是什么想法,因此不敢轻举妄动。今天将军来挑战,我已经明白将军的用意,但是没等我到阵前去答话,郑伦就先我一步而去,捉了将军。看来郑伦未必同我一样想法,我今夜将将军放了,还望将军回去向姜丞相和武王表明我的心意。"黄飞虎一听,心里松了一口气,谢过苏护,秘密返回了西岐城。

且说赤精子这一日在洞中养神,掐指一算也该到殷洪下山的时候了,就命童子找来殷洪,吩咐道:"徒弟,现在到了你建功立业的时候了。现在你就下山去西岐辅佐武王,帮助你姜师叔。"殷洪连声答应。但是赤精子仍然不放心地说:"虽然如此,但你是纣王之子,我担心你出尔反尔,你需要给我发个誓。"殷洪道："纣王虽然是我父亲，但是残害忠良，又杀我母亲，甚至要杀我们兄弟，我自然与他势不两立。我现在发誓，我如果出尔反尔，身体化为飞灰。"赤精子一听，心里满意，将镇山之宝紫绶仙衣和阴阳镜一同交给了殷洪，殷洪辞别了师父，就要奔西岐而来。

　　殷洪刚刚走到山下，忽然见一道士骑着黑虎落在面前，挡住了去路，殷洪一见，施礼问道："不知道长高姓大名，为何挡住我的去路？"那道人道："我叫申公豹，和你师父算是师兄弟，你该叫我一声师叔。我之所以挡住你去路，是因为我路过此地，知道你师父叫你去帮助姜子牙，这实在是大错特错。"殷洪疑惑地问："怎么是大错特错？"申公豹道："纣王做得再不对，也是你的父亲，自来就没有儿子讨伐父亲的道理。再说，纣王死后，理当是你继承商朝的天下，现在哪有放着未来的天子不当而去给人家当一个马前卒的？"殷洪一听，把师父的话抛在了脑后，对申公豹说："师叔的一番话真是至理名言，那依您看我该怎么办呢？"申公豹说："现在苏护正在西岐城下和姜子牙开战，你可以到阵前去助苏护一臂之力。"殷洪一听，就按照申公豹的指点，驾土遁来到了苏护的大营。

　　苏护在大帐中一听说数年前被风刮走的二殿下求见，连忙出了大营迎接。殷洪进了大帐问与西岐交战的情况如何，苏护把前前后后的事说了一遍。殷洪道："明天我亲自出兵，去战姜子牙。"第二天一早，殷洪就来到西岐城下挑战。子牙率领人马出城，在城下雁翅排开。殷洪催马来到阵前，点名要姜子牙答话。姜子牙催动四不像来到殷洪近前，施礼道：

"姜尚参见殿下!"殷洪冷笑几声,说:"姜子牙,你还认我是殿下？如今你西岐造反,反对我大商朝,还敢认我是殿下？我现在就拿了你这反贼!"说着,殷洪来战姜子牙。姜子牙开始左躲右闪,但见殷洪步步紧逼,只好挥动打神鞭,和殷洪战在一处。

二人打了有三十几个回合,姜子牙一打神鞭打在了殷洪的后背上,但是因为殷洪穿着紫绥仙衣,这一鞭下去,殷洪毫发未损。姜子牙正在迟疑,殷洪已经掏出了法宝阴阳镜。这阴阳镜对着人一照,就能把人照得六神无主,昏倒在地,需要一个时辰之后才能苏醒过来。殷洪将阴阳镜对着子牙一照,子牙只见一道白光,紧接着觉得昏昏沉沉,掉下了四不像。殷洪摆动宝剑就要来取子牙的项上人头。哪吒在旁一见,赶忙脚踩风火轮,来救姜子牙。殷洪见哪吒来救姜子牙,仍是拿着阴阳镜对着哪吒一晃,他哪里知道哪吒是莲花化身,阴阳镜对哪吒根本就不起作用。殷洪正在迟疑,哪吒已经救了姜子牙,返回西岐城。殷洪一见,也只好下令收兵。

再说姜子牙,被哪吒救回相府,躺了足足一个时辰才苏醒过来。杨戬见子牙已醒,赶忙过来施礼说道:"师叔,我见殷洪手里拿的法宝好像是赤精子师伯的镇山之宝阴阳镜。小侄想前往太华山赤精子师伯处问个究竟。"子牙一听,满脸不解地说:"赤精子师兄怎么会害我？也罢,你就去探个究竟。"长话短说,杨戬借土遁来到太华山求见赤精子。赤精子闻听童子说杨戬来访,知道一定有事发生,让杨戬进到云霄洞答话。

　　杨戬见了赤精子，施礼过后，说道："师伯，殷商二殿下殷洪用一件法宝在阵前伤了我姜师叔。我见那件法宝好像是师伯的阴阳镜，特来向师伯请教。"赤精子一听，顿时脸上有了怒色，对杨戬说道："前几日我命殷洪下山去辅佐子牙，不想他还是违背师命，我现在就随你前去西岐捉了这畜生问罪。"说完，赤精子急匆匆随杨戬来到西岐。

　　一夜无话，第二天殷洪又来到西岐城下骂阵。赤精子不待子牙点将，先来到阵前。殷洪一见师父来到，脸上有些难堪，他在马上冲着赤精子一抱拳，说道："弟子盔甲在身，不便下马跪拜，弟子有礼了。"赤精子一见殷洪这般态度，剑眉倒竖，厉声问道："殷洪，你在洞中已经对我立下誓言，如今怎么出尔反尔？"殷洪道："师父，是您错了。哪有师父叫儿子与父亲为敌的，要不是申公豹师叔相劝，我险些成了不忠不孝之人。师父不必多说，否则您也就是我的敌人。"赤精子听了这话，忍不下胸中怒火，大喝一声："小畜生，胆敢放肆！"举宝剑来战殷洪。殷洪也当真并不客气，与师父打在一处。他自知面对师父肯定敌不过，因此几个回合后就掏出了阴阳镜。赤精子自然知道阴阳镜的厉害，一见殷洪要拿阴阳镜照他，急忙使了土遁逃回西岐城，子牙一见也马上下令收兵。

　　赤精子回到子牙的相府，又气又怒，但是又没有办法，这阴阳镜的法力就是他也破不了。众人正在为没有对策发愁，忽然杨戬来报："慈航师伯来见。"子牙、赤精子等人赶忙外出相迎。慈航道人说话单刀直入，对赤精子和子牙道："二位师弟不必发愁，我这次专为殷洪而来。"赤精子大喜，忙问："不知道兄有什么办法对付阴阳镜？"慈航道："须得用大师伯留给子牙的太极图，应当如此如此。"

第二天，子牙不等殷洪前来骂阵，率领人马出了西岐城，点名要殷洪应战。殷洪因手里有阴阳镜，再说此前已经伤了子牙一回，因此根本不把子牙放在眼里。二人话不投机，动起手来，不几个回合，子牙一拨四不像，向东南方向逃走，殷洪赶忙纵马紧追。过了一个土坡，殷洪见师父赤精子拦住了去路。

赤精子将太极图打开一抖，太极图化成了一座金桥，子牙一带四不像上了金桥。子牙在金桥上停住，对殷洪说道："你敢上桥来与我大战几十回合吗？"殷洪一阵冷笑，道："姜子牙，老匹夫，你以为赤精子在这儿我就不敢伤你吗？"他并不多想，纵马也上了金桥。

等殷洪上了金桥，却突然不见了姜子牙，心想："莫非是有伏兵？"正想着，果真来了一队伏兵，殷洪纵马一阵厮杀过后，伏兵不见了。这时他又恍恍惚惚觉得自己来到了朝歌，推开九间殿的大门，只见母亲姜王后正两眼垂泪地望着他。殷洪赶忙跪倒下拜。姜王后哭着说："小冤家，你不听师父的话，如今已是大难临头了！"殷洪被母亲骂得心里害怕，连忙说："母亲救命啊！"再抬头看时，已经不见了姜王后，眼前站的是赤精子。殷洪连连叩头，对赤精子道："师父，弟子错了，师父饶命啊。"赤精子一声长叹："为时已晚啊，你曾经立下誓言，说是如若违背，将化为飞灰，如今就将应了天数。"说罢，赤精子也不见了，殷洪怕得浑身发抖。赤精子在桥下一见，满脸愁云，无奈地用手一指，收了太极图。等再把太极图展开，殷洪连人带马都已化为了飞灰，一道灵魂赶奔封神台。

太极图殷洪绝命

且说苏护听说殷洪已死，心里的石头落了地。赶忙修书一封，让长子苏全忠扮作士兵，到西岐城里下书。子牙接到书信，心中暗喜，一边命人款待苏全忠，一边点好兵马，等待三更。

苏护见苏全忠已进西岐城，命人摆了酒宴，邀请众将官痛饮，说是准备三日后与西岐大战。众将官都信以为真，推杯换盏，一直喝到了三更天。大家正喝得尽兴，忽然见苏护起身，将手中的酒杯一摔，大帐外进来了几十个刀斧手，将刀斧架在了众将的脖子上。此时，姜子牙也已经率领人马出了城，来迎苏护归降。

这一夜闹闹哄哄，一直折腾到了天亮。第二天，武王亲自摆了酒宴给苏护压惊，黄飞虎也亲自给郑伦松了绑，郑伦感激涕零，也表示愿意归顺，西岐城又一次热闹非凡。

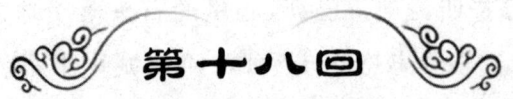

第十八回
殷郊违命受挤压
洪锦西岐动刀兵

苏护降周的战报传到朝歌，把纣王气得怒不可遏，他万万没有想到身为皇亲国戚的苏护竟也会倒戈相向。妲己闻听战报，哭哭啼啼来到纣王跟前，跪倒说道："臣妾的父亲如今投降了西岐，请大王治臣妾的罪。"纣王见了妲己，眼里都是爱怜，连忙道："你父投敌，你在宫中哪能料到，赶紧平身，我调三山关总兵张山再伐西岐。"

张山接到旨意，提十万大军浩浩荡荡赶往西岐不表，单说这一日广成子在九仙山桃园洞中修炼，忽然想起殷郊已经学艺数载，到了该下山的时候了。于是命童子找来殷郊，殷郊跪倒在师父跟前。

广成子道："现在武王仁德，不久就将伐商，你可下山到西岐你姜子牙师叔帐下听用，也可报你的杀母之仇。"殷郊连连点头称是。广成子不放心，又说道："此次下山，你一定要遵师命，且不可因为纣王是你的父亲，就不管他如何涂炭生灵，且不可违背天数啊。"殷郊道："师父放心，纣王虽然是我父亲，但他宠信妲己，害死了我的母亲，又致使百姓遭难，我一定会遵从师命，助姜师叔伐商。弟子如果违背誓言，愿被挤压而死。"广成子听了，放了心，将翻天印、雌雄剑等镇山之宝交给了殷郊，殷郊辞别了师父，准备前往西岐城。

殷郊下了九仙山，正准备借土遁前往西岐，忽然见前方有一道人骑虎而至。殷郊施礼问道："不知道长从何而来？"来者正是申公豹，申公豹微微一笑，说："我乃是你的师叔申公豹。我路过此地，知道你师父命你去姜子牙帐下听令，我倒有几句话说。"殷郊再次施礼，问道："既然是师叔至此，有话请吩咐。"申公豹道："你的师父太不明事理，哪有命儿子讨伐父亲的？再说，现在你是商朝的太子，日后将继承整个江山，你怎能不好好想想。"殷郊道："师叔所说是没错，但是我的父亲宠幸妲己，害了我的母亲，还弄得百姓怨声载道。姜师叔顺从天数，我理应遵师命去西岐助姜师叔一臂之力。"申公豹一见这些说辞没起作用，稍一思索，又说："什么天数！你的弟弟殷洪已经惨死在姜子牙手里，这也是天数？"

殷郊一听，大惊道："师叔你说的可是实情？"申公豹道："天下人皆已知道。如今张山已经奉你父王之命，兵临西岐城下，不信你可以去问他。"殷郊甚是疑惑，急匆匆赶往西岐城下张山的大营。

张山听说太子殿下驾到，急忙出大帐迎接。殷郊见了张山就问："你可知道我弟弟殷洪的事？"张山故作伤悲，说道："二殿下因伐西岐，被姜子牙用太极图所害，已经化为飞灰了。"殷郊听完，大叫一声昏倒在地。不一会儿苏醒过来，连声大骂："姜子牙，老匹夫，你还我弟弟，我要你血债血偿！"

第二天，殷郊来到西岐城下骂阵，点名叫姜子牙出城答话。姜子牙率领兵马出了城，来到阵前。殷郊问道："姜子牙，我乃太子殷郊，我的弟弟殷洪可是你害死的？"子牙深施一礼，答道："太子殿下，此言差矣，殷洪乃是违背誓言，自取灭亡！"殷郊一听，大喝道："住口，姜子牙，我今天就叫你一命抵一命！"说完，殷郊抽出雌雄剑就要来战姜子牙。子牙身后的黄天化一见，大喊一声："师叔请回，我来战他！"催动玉麒麟来战殷郊。

殷郊与黄天化打了十几个回合，见一时间胜负难分，就取了翻天印，往空中一抛，黄天化抬头一看，这翻天印来势凶猛，黄天化躲闪不开，被打下了玉麒麟。殷郊刚要提雌雄剑来取黄天化的性命，一旁观战的哪吒赶紧脚踩风火轮，手提火尖枪杀向殷郊。殷郊急忙躲闪，哪吒也不恋战，救了黄天化就走。子牙一见黄天化受伤，急忙下令收兵。

回到相府，杨戬对子牙道："师叔，我见殷郊使的法宝好像是广成子师伯的镇山之宝翻天印。"子牙道："广成子的法宝怎么会落在他的手里？"杨戬道："师叔，这与之前的殷洪之事或许如出一辙，我这就到九仙山去见广成子师伯。"子牙点头称好，杨戬就来到了九仙山桃园洞。

见了广成子，杨戬问道："师伯，在西岐城下伤了黄天化的殷郊可是师伯的徒弟吗？"广成子一听，吃了一惊，说道："不错，殷郊是我的徒弟。我命他去辅佐子牙，他怎么会伤了黄天化呢？"杨戬道："师伯，殷郊并未来投姜师叔，而是进了商军的大营，还用翻天印伤了黄天化，因此小侄才来向师伯求证。"广成子闻听大骂："好个畜生，竟然违背师命，我现在就随你下山去擒他。"

广成子来到西岐,并未进城,直接来到张山的大营前,点名叫殷郊出营。殷郊来到营外,一见是师父到了,施礼问道:"师父来此,有什么事吗?"广成子道:"小畜生,你明知故问,你因何违背师命?"殷郊道:"姜子牙杀了我的弟弟,我与他不共戴天,师父不要想劝我。"广成子大怒,道:"好,我不劝你!"说着,提宝剑砍向殷郊。殷郊躲开一剑道:"师父,再要动手,我也就不客气了。"于是,师徒两个打在一处。殷郊知道凭能耐赢不了师父,就抛起了翻天印,广成子一见,化作一道金光,来到了姜子牙的相府。

子牙一见广成子脸色不好,忙问:"道兄,你这是怎么了?"广成子一声长叹:"咳,那殷郊竟用翻天印打我,我也破不了那翻天印。"子牙一听,满脸愁云。

正这时,哪吒来报:"燃灯师伯来见。"子牙与广成子赶忙相迎。燃灯道:"我专为殷郊而来。制服殷郊需要有'聚仙旗',只是不知这'聚仙旗'该去哪里寻?"子牙与广成子面面相觑,也不知道这'聚仙旗'在哪里。大家正在思索,只听半空中有一女子声音传来:"众位道友不必忧虑,我知道这'聚仙旗'哪里去寻。"

众人急忙抬头观望,只见空中飘落下一位仙子,眉清目秀,齿白唇红。燃灯一见,上前施礼道:"参见龙吉公主。"原来这仙子乃是玉皇大帝的女儿龙吉公主,只因贪恋凡间的儿女之情,被罚在凤凰山修炼。龙吉公主道:"我此番前来也是助姜丞相伐纣,恰巧听说'聚仙旗'之事。这'聚仙旗'现在在我母亲西王母的手里，要借'聚仙旗'得让南极仙翁走一趟。"

　　子牙一听，满心欢喜，赶忙将龙吉公主让进府内，与邓婵玉等女眷暂且住在一起，广成子则前往南极仙翁处。南极仙翁听说了广成子的来意，赶忙换上朝服，驾起祥云，赶奔瑶池。长话短说，南极仙翁顺利从西王母处借来了"聚仙旗"，交给了广成子。

　　广成子返回西岐城，与燃灯等人商议如何制服殷郊。第二天，姜子牙骑着四不像来到张山的大营前叫阵，殷郊一见姜子牙一人前来，心里高兴，提了雌雄剑来战姜子牙。姜子牙打了几个回合，一拨四不像败走，殷郊在后紧追不舍。不多时，姜子牙跑到一处山前，不见了踪影，而广成子却站在了殷郊眼前。殷郊也不多说，掏出翻天印就打广成子，广成子心里一惊，抖开了"聚仙旗"，顿时云雾蒸腾，东西南三面出现无数利刃，向殷郊砍来，殷郊一见，吓得赶忙向北逃走，而北面正是一座大山。殷郊情急之中，举起翻天印说道："上天保佑我用翻天印开出一条大道。"说着，把翻天印朝着大山一抛，大山真被一劈两半，中间出现了一条大道。殷郊一见，大喜，急忙纵马沿着大道就走。这时，已经驾云在半空的燃灯道人，将双手一合，刚才被翻天印分成两半的大山又合在了一起，将殷郊挤压而死。

　　殷郊一死，张山的兵马就不足为虑，不出几日，姜子牙大败张山的十万大军，张山本人战死。消息传回朝歌，纣王忧心忡忡，急忙又下旨，让接替张山担任三山关总兵的洪锦再发十万大军向西岐进发。

这一日,洪锦的兵马来到了西岐城下。第一仗,洪锦的先锋官就被南宫适一刀斩于马下。洪锦初战失利,气得咬牙切齿,恨不得吞了西岐城。第二天,洪锦自己到阵前迎敌,点名要战南宫适。南宫适来战洪锦,他哪里知道这洪锦也是个会法术之人。打了三十几个回合,洪锦把马往旁边一带,从背后取出一面小黑旗,戳在地上,然后把手向小黑旗一挥,小黑旗化作了一座黑色的大门。洪锦一带马进了黑色的大门,南宫适也不多想,跟了进去。进了门之后,南宫适眼前一片漆黑,被洪锦生擒活捉。

洪锦出了门来,将南宫适交给了士卒,收起了小黑旗。这时在一旁观战的邓婵玉纵马来战洪锦。洪锦一见是一员女将,心里暗想:"不可恋战,还是速速把她擒了。"想到这儿,洪锦又将小黑旗戳在地上,化作一门,自己纵马进了黑门。哪知邓婵玉并不像南宫适那么莽撞,她并不追赶,取了一块五色石,朝黑门打来。只听得门内的洪锦"哎呦"一声惨叫,收了法术,鼻青脸肿地败回了大营。

洪锦被五色石所伤,赶忙取出丹药服下,不一会儿痊愈,但是气得直咬牙。第二天一大早,洪锦就来到西岐城下叫阵,点名要昨天打伤他的女将出战。探马赶紧报至相府。邓婵玉就要出战,这时龙吉公主问道:"城外是何人挑战?"土行孙忙说:"他叫洪锦,有一面小黑旗,能化作一座黑色大门,南宫将军进了门去被活捉了。昨天婵玉打了那洪锦一石头,现在想必是想报仇。"龙吉公主道:"他这小小法术叫作'旗门遁',婵玉不必前去,且让我去破了他这法术。"

　　说罢，龙吉公主向子牙讨了一匹坐骑，独自一人出了西岐城。洪锦一见出来一员女将，长得眉清目秀，齿白唇红，但却不是昨天打伤自己的那员女将。洪锦问道："来者何人？"龙吉公主道："不忙，等我捉了你再告诉你我是何人。"洪锦一听，怒上心头，昨天一员女将伤了自己，今天这员女将竟根本瞧不起自己。二人话不多说，打在一处。不出几个回合，洪锦又取了小黑旗化作一门。龙吉公主一见，取了一面小白旗，也插在地上，化作了一座白色的大门。龙吉公主一拨马进了自己的白色大门，却把洪锦弄得莫名奇妙。他不知这"旗门遁"也有相生相克的道理，洪锦正在白门之前观望，龙吉公主却从洪锦的黑门中杀出，一宝剑砍在了洪锦的后背上。把洪锦疼得顾不得许多，直接借土遁向北海逃去。

　　龙吉公主一见，借木遁紧追，取五行之中木能克土之意。洪锦逃到北海边上，心中暗喜，心想：幸亏我带了这件宝贝。洪锦从怀里掏出一物，往海里一扔，那东西见水之后突然变得硕大无比，原来此物叫鲸龙。洪锦跨上鲸龙的后背，奔海内而去。龙吉公主一见，心想：还好我也带有宝贝。她也取出一物，往海里一扔，那东西更是见水疯长，长得比鲸龙还大，原来此宝叫作神鲲，这神鲲正是降伏鲸龙之物。不多时，龙吉公主用一根捆龙索将洪锦捉回了相府。

　　子牙一见心里高兴，吩咐哪吒、杨戬等人率兵出城，去攻洪锦的大营。主将被捉，剩下的士卒就作鸟兽散。不多时，哪吒、杨戬等人救回了南宫适，得胜回城。

　　子牙命人将洪锦推出问斩，正这时有一道人求见。子牙迎出相府,那道人施礼道:"我乃月下老人。今上天注定龙吉公主与洪锦有一世姻缘,特来撮合,还望姜丞相成全。"子牙一听,只得请出龙吉公主商议。龙吉公主道:"既是月下仙翁主管姻缘,我也只得顺应天命。"于是,子牙命人放了洪锦,又命人给他医治剑伤。洪锦得知自己大难不死,还成就了一段姻缘,一时间喜不自胜。从此一心辅佐姜丞相。

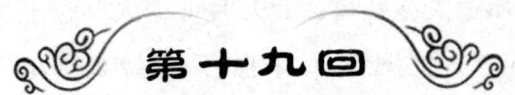

第十九回
火灵圣母显神通
广成子进碧游宫

子牙收了洪锦之后，感觉时机已经成熟，可以兴兵伐纣，于是择良辰吉日，辞别了武王，发六十万大军，讨伐荒淫暴虐的纣王。姜子牙兵分三路，一路由洪锦率领去取佳梦关，一路由黄飞虎率领去取青龙关，还有一路由姜子牙亲自率领来取汜水关。

先说洪锦这一路兵马，这一日来到了佳梦关城下。自魔家四将阵亡之后，佳梦关由胡升、胡雷兄弟把守。双方接连交战三日，胡升接连损失了几员大将。胡升就来和胡雷商量："二弟，如今交战三日，我方损失了几员大将，看来是天命归周啊，我看我们兄弟不如归顺了大周，也免得生灵涂炭。"胡雷道："大哥且莫惊慌，你忘了我也学过法术，待明日我亲自出战，或许能扭转局面。"胡升一见，也只好点头答应。

第二天，胡雷来到周营前挑战。南宫适出营迎战。二人交手打了四五十个回合，胡雷哪里敌得过南宫适，被南宫适生擒活捉。洪锦传令将胡雷斩首示众，然后给南宫适摆上了庆功宴。众人喝得正高兴，有士卒进帐禀报："胡雷在营外挑战。"洪锦一听，莫名其妙，赶紧随南宫适出营观看，果然见胡雷又在营前叫阵。南宫适大喝一声："好你个妖人，我就再捉你一回。"二人又战在一处。又是四五十个回合，南宫适又将胡雷生擒活捉。洪锦这回亲自将胡雷押到帐前，准备行刑，士卒们都叽叽喳喳跑来看热闹，看看这胡雷这次能不能被杀死。吵闹声惊动了龙吉公主，龙吉公主来到洪锦的大帐前询问缘由，洪锦就将刚才的事说了一遍。龙吉公主一笑，说："这不过是个小小的法术。"她命人将胡雷的头发分开，将一根银针在胡雷的头顶上拍了进去，克制住了胡雷的分身法，将胡雷斩了。

胡升一听弟弟也已战死，自知大势已去，就给洪锦写了书信，约好第二天午时出关归顺，并且在佳梦关的城墙上竖起了周军的旗帜。正这时，有士卒禀报："有一穿红衣的道姑求见。"胡升赶忙出府相迎。红衣道姑见了胡升道："我乃是丘鸣山火灵圣母，是你弟弟胡雷的师父。我得知徒弟惨死，特来为他报仇。你现在竟然要投降，可气可恼。"胡升赶忙将火灵圣母迎进府内，连连道歉，然后恭恭敬敬问道："不知道师父想如何报仇？"火灵圣母道："你给我挑选三千名士兵，归我调配，然后高挂免战牌七日，七日之后我要火烧周营。"胡升一一照办。洪锦见佳梦关挂出了免战牌，城头上的旗帜又换回了殷商的大旗，一时间摸不着头脑，心想："也好，且先困你几日再说，看你胡升究竟打的什么算盘。"

免战牌挂过了七日，只见佳梦关的城门大开，火灵圣母骑着金眼驼出了佳梦关，来到周军大营前。火灵圣母七日内练成的三千火龙兵则被她暗施法术隐藏在了身后。洪锦一见,率领众位将领也列开了队伍。火灵圣母用手指点洪锦说道:"洪锦,我乃火灵圣母,你伤了我徒弟胡雷的性命,今天我要为徒弟报仇。"说着,火灵圣母手中的两柄太阿剑向洪锦刺来,洪锦赶忙招架。

不出几个回合,洪锦想用旗门遁制服火灵圣母,不料想火灵圣母先发制人。火灵圣母头上戴着一顶金霞冠,冠上有一条黄巾盖住,不等洪锦使用旗门遁,火灵圣母已经将金霞冠上的黄巾拿掉,顿时金霞冠放出万道金光,火灵圣母在金光中隐去了身形。火灵圣母看得见洪锦,洪锦却看不见火灵圣母,这下洪锦可吃了大亏,不大一会儿被火灵圣母狠狠砍了一剑。

火灵圣母又施法术现出了三千火龙兵,这火龙兵背后都背着红色的纸葫芦,只要一拍葫芦底,纸葫芦里就蹿出火苗来。这下可惨了周军,被杀得哭喊声连天。再说龙吉公主,见丈夫受了伤,赶紧过来助战,但也被火灵圣母砍了一剑。洪锦和龙吉公主赶忙领兵败走,火灵圣母紧追不舍。

不多时,火灵圣母将洪锦和龙吉公主追到了一片树林之中,眼看就要追上,突然一个道人出现在了火灵圣母面前。火灵圣母一看,认识,这道人正是广成子。火灵圣母道:"广成子,让开,别阻我报仇。"广成子道:"你徒弟的死乃是天数,你要再执迷不悟,怕你这条命也难保。"火灵圣母大怒,又把金霞冠现出万道金光来,而广成子是有备而来,身上穿着扫霞衣,将金霞冠的金光片刻扫没。火灵圣母一见自己的法宝被破,就执太阿剑来砍广成子。广成子也并不手软,抛起了翻天印,火灵圣母躲闪不开,被翻天印打中了前额,打得她脑浆迸裂,一道灵魂赶奔封神台。

广成子打死了火灵圣母,收了金霞冠,前往碧游宫。这碧游宫乃是截教教主通天教主所居之地。广成子来到碧游宫外,见有一个童子出来,连忙说道:"请童子代为通报一声,就说广成子求见师叔。"童子进了碧游宫,不一会儿出来对广成子说:"师尊让你进去。"广成子进了碧游宫,跪倒说道:"弟子愿师叔万寿无疆。"通天教主道:"广成子,你见我有什么事?"广成子手捧金霞冠,高举过头,说道:"启禀师叔,姜子牙应天数兴兵伐纣,洪锦在佳梦关受师叔门下火灵圣母所阻,火灵圣母连伤洪锦和龙吉公主,弟子上前劝阻,火灵圣母仗着金霞冠要伤弟子,弟子无奈,用了翻天印。现火灵圣母已死,特将金霞冠上交。"通天教主道:"当时我们人道、阐教、截教①共议封神,兴周灭纣乃是顺从天数。我截教门人犯错自然也是天数,你去吧。"

广成子出了碧游宫,已经有众多心中不满的截教门人在宫外等他。其中最愤愤不平的是龟灵圣母,龟灵圣母大喝道:"广成子休走,你杀了火灵圣母,还来送什么金霞冠,分明是蔑视我们截教,今天我就为火灵圣母报仇。"说着,龟灵圣母挥宝剑来砍广成子。广成子左躲右闪,但见龟灵圣母并不收手,便抛出了翻天印。龟灵圣母知道翻天印的厉害,只好

---

① 注:人道教主为老子,阐教教主为元始天尊,截教教主为通天教主。

现了原形来抵挡，原来是一只大乌龟。此时，一旁的金灵圣母、多宝道人等截教门人一见龟灵圣母现了原形，脸上都觉得挂不住。

广成子一见对方人多势众，心想：我不如还返回碧游宫向师叔求救。于是，广成子二进碧游宫。通天教主问："广成子，你怎么去而复返啊？"广成子道："师叔，弟子本想下山，但是龟灵圣母等人来向弟子寻仇，还望师叔救我。"通天教主命童子叫来龟灵圣母，训斥道："我是一教之主，我的话你竟敢不听？从此之后你不准再入碧游宫，去吧。"通天教主又对广成子说道："你快走吧。"多宝道人等人见因为一个广成子，师父竟将自己的弟子赶出了碧游宫，心里的火气更大，又拦住了广成子。

广成子一见截教门人一个个摩拳擦掌，心知不妙，就又急匆匆三进碧游宫。通天教主道："广成子，你又进我的宫来，是不是太没有规矩了？"广成子连忙跪倒，说道："师叔，不是弟子不懂规矩，是多宝道人等人还不想放弟子下山，求师叔定夺。"通天教主命童子叫来多宝道人等一干人，呵斥道："我身为一教之主，出口的话竟如此无足轻重吗？"此话一出，吓得多宝道人等急忙跪倒，连连叩头。通天教主又对广成子道："这次你去吧，定然没有人再敢阻拦。"广成子这才谢过恩，出了碧游宫，返回九仙山。

再说通天教主，见广成子已走，就想好好整治整治多宝道人等人，不料多宝道人先开了口："师父，不是您的话我们不听，实在是广成子欺人太甚。他一再说他们阐教好，而诬蔑我们截教,您被他欺骗了。"通天教主道:"我大师兄老子掌管人道教,二师兄元始天尊掌管阐教,我掌管截教,三教原本是一家,他怎么能诬蔑我们呢?"多宝道人道:"师父,他骂我们截教是旁门左道,什么飞禽走兽都能成为截教门人。所以弟子们才愤愤不平。"通天教主笑道:"好啊,他骂我与飞禽走兽为伍,那他师父元始天尊岂不是与我同类? 这畜生是该好好教训教训。"通天教主吩咐金灵圣母道:"你去后边把那四口宝剑取来。"

不一会儿,金灵圣母拎来一个包袱,从里边取出四口宝剑,放在通天教主面前。通天教主又吩咐多宝道人道:"这四把宝剑分别叫'诛仙剑'、'戮仙剑'、'陷仙剑'、'绝仙剑',你拿着这四口宝剑到界牌关去摆一座诛仙阵,看看阐教的人谁敢来破!"

再说佳梦关胡升,见火灵圣母一去不复返,知道凶多吉少,不多时又见洪锦的军队来到城下,重新搭起了营帐,知道这次真的是大势已去了,于是又写了一封书信给洪锦,约好第二天午时出城归顺。

第二天午时,胡升率领残兵败将出城投降。龙吉公主命人绑了胡升,对洪锦说道:"这胡升是个朝三暮四的小人。投降也并非诚心想兴周灭纣,不过是因为看大势已去,如果又有机会,他说不定又反了。这样的人留下日后必成祸害。"洪锦也点头称是,于是下令将胡升斩首,周军浩浩荡荡开进了佳梦关,洪锦命人将捷报传给姜丞相。

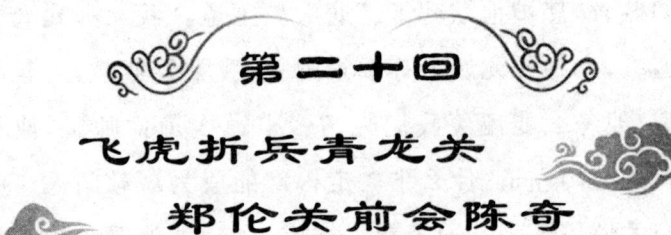

第二十回
飞虎折兵青龙关
郑伦关前会陈奇

　　且说黄飞虎领了子牙的大令，率领十万兵马浩浩荡荡来到了青龙关下。青龙关士卒马上将黄飞虎兵临城下的事报告给守关主将丘引。

　　丘引一听，并不怯战，率领兵马出了城门，来到城下与黄飞虎对峙。黄飞虎问左右道："谁愿去打这头一阵？"邓九公道："末将愿往。"邓九公提刀来到阵前。丘引一方也已经有一员大将名叫马方，催马摇枪来到阵前。二人通报过姓名，挥动兵刃，打在一处。邓九公骁勇善战，马方哪里是他的对手，不出三十个回合，马方被邓九公一刀斩于马下。

　　丘引一见，第一阵就损失了大将，心中愤怒，亲自催马来到阵前，大喊一声："邓九公休走，我要你一命抵一命！"邓九公刚刚胜了一阵，心中高兴，又来大战丘引。这丘引和邓九公大战了五十个回合难分胜负，丘引心想：与其苦战，不如用法术赢他。于是，丘引虚晃一枪，口中念起咒语，只见丘引的头顶上现出一颗鸡蛋大小的红色珠子，闪闪发光。邓九公抬头一看，只觉神魂颠倒，迷迷糊糊栽落马下，被丘引生擒活捉。

黄飞虎一见丘引会法术，又捉了邓九公，不敢恋战，下令收兵。丘引回到自己的府内，命人将邓九公推到近前。邓九公是一言不发，立而不跪。丘引一见怒上心头，吩咐左右道："来人哪，推出去斩了！"可怜一员能征善战的老将邓九公，因中了旁门左道，出师未捷身先死。丘引命人将邓九公的人头割了下来，悬挂在城头，周营兵将一见，都悲痛欲绝。

丘引得胜，第二天又来周营前挑战，这下可惹恼了黄天化。黄天化催动玉麒麟来到阵前，大喝道："丘引，今天我要拿你的人头祭奠邓老将军！"丘引一听，就要到阵前迎敌。这时，刚刚赶到的督粮官陈奇来到丘引近前说道："元帅，这一阵不必您亲自前往了，待末将捉了黄天化。"丘引一见说道："陈将军刚刚鞍马劳顿，不如先歇歇吧。"陈奇道："元帅，等末将捉了黄天化再歇息也不迟。"说完，陈奇催动火眼金睛兽，提降魔杵来战黄天化。

黄天化一见不是丘引，心中不悦，心想先杀了你这自来送死的，再为邓老将军报仇不迟。二人动起手来，打了三十几个回合，黄天化掏出了"钻心钉"，陈奇一见，心想先下手为强。因此没等黄天化将"钻心钉"打出，陈奇对着黄天化，口中喷出了一股黄气，黄天化只觉顿时天旋地转，掉下了玉麒麟。原来这陈奇也学过法术，口中黄气专能震人的三魂七魄。陈奇果然捉了黄天化，向丘引复命。

土行孙夫妇赶奔青龙关

丘引十分高兴，率领兵马得胜回城。依旧把黄天化押到近前，黄天化破口大骂："好你个丘引、陈奇，我不曾提防被你们的小小法术捉了，如今废话少说，要杀要剐悉听尊便。只是你们挡我大周仁义之师，也就是与天下百姓作对，你们违天数而行，定是难免一死。"丘引被黄天化说得火往上撞，命左右将黄天化推出去斩了。可怜小英雄黄天化，也惨死青龙关，一道灵魂赶往封神台。

不多时，黄飞虎见青龙关城头上又多了黄天化的人头，失声痛哭。刚一出兵，就折损两员大将，他不知如何是好，急忙修书将青龙关战况报给姜丞相。子牙正在汜水关前的大帐中端坐。他已得知洪锦拿下了佳梦关，正等青龙关的战报。只要两关都被拿下，汜水关也就失去了左右的救应，那时就可以攻打汜水关。

黄飞虎的战报传来，子牙打开一看，脸上多了忧愁之色。在一旁的哪吒见了，赶忙前来询问情况。一听邓九公与黄天化都已战死，哪吒哪里还坐得住，他讨了师叔的令箭，脚踏风火轮，来青龙关助阵。邓婵玉得知父亲战死，也难以抑制心中悲痛，得了子牙的允许，和土行孙一起来到青龙关。

哪吒先一步到了青龙关，向黄飞虎请令阵前迎敌，黄飞虎点头应允。再说丘引，听说关下有周将挑战，自觉已经连赢两阵，信心十足，率兵出了青龙关，来到阵前。一见是一员小将，脚踩风火轮而来，丘引问道："小将，莫非你就是哪吒？"哪吒答道："不错，你是那丘引还是陈奇？"丘引道："我乃青龙关总兵丘引。哪吒，想不到你也前来送死！"说罢，丘引与哪吒挥动兵刃打在一处。两人打了二十几个回合，丘引一见哪吒的火尖枪果然厉害，心想不如还用法宝取胜。于是，丘引打着打着，把马往后一带，停了手，口中念着咒语，头顶上生出了一粒红色的珠子，闪闪发光。丘引错将这哪吒当作了肉体凡胎，他哪里知道这哪吒是莲花化身，只见哪吒笑呵呵盯着红珠子，并无半点异样。丘引正在百思不解，这时哪吒说道："好你个丘引，想必就是用这个红珠子伤了邓老将军。现在你的法宝展示完了，该看我的了。"说着，哪吒收了火尖枪，两只手同时掏向豹皮囊，右手拿起乾坤圈，左手拿起金砖，同时往空中一抛，两件法宝直奔丘引而来。丘引一见，打马就跑，但是哪里跑得过这两件法宝，被乾坤圈打中了左肩头，被金砖砸中了后背，丘引被打得口吐鲜血，栽落马下。陈奇赶忙上前救回了丘引，率兵败回青龙关。

哪吒得胜回营，黄飞虎为他记上大功一件，却见在一旁的邓婵玉闷闷不乐。黄飞虎询问缘故，邓婵玉答道："黄将军，如今我父亲的尸首和天化的尸首还都在青龙关，应该早些将尸首取回收殓，入土为安啊。"黄飞虎听罢也连连点头。土行孙一听，说道："诸位不要发愁，我这就去那青龙关走上一趟，将我岳父和天化的尸首盗出，黄明、周纪二位将军可以在城下等着接应。"说完，土行孙双脚一跺，就不见了踪影，借着地行之术进了青龙关。

土行孙来到关内，天色刚刚接近傍晚，土行孙心想：现在天色还未黑下来，盗取尸首多有不便，不如我先到你丘引的府上，看能不能取了你的性命，也好为我岳父和天化报仇。

想到此，土行孙左转右转，就来到了丘引的府上。他又施地行术，钻来钻去，找到了丘引的房间，只见丘引正躺在床榻上养伤。土行孙一见，心想真是踏破铁鞋无觅处，得来全不费工夫。他突然从地下钻了出来，手执匕首直奔丘引，丘引正在养伤，见有一个小矮人，手执匕首向自己刺来，吓了一身冷汗，连忙躲闪，同时大声喊道："来人哪，有刺客！"土行孙艺高人胆大，无论丘引怎么喊，他还是将匕首连连刺向丘引。丘引左躲右闪，本来伤势就严重，这时又一口鲜血喷了出来。

眼看丘引的体力就要不支，这时陈奇已经带着士卒闯了进来。陈奇一见一个矮子正在追杀丘引，急忙大喊一声："住手！"土行孙这才收了匕首，转身来看陈奇。陈奇并不多说，对着土行孙从口里喷出了一股黄气。土行孙只觉得天旋地转，扑通一声栽倒在地。等他醒了过来，发现自己已经被五花大绑，押到了丘引和陈奇面前。丘引有气无力地问道："说，你是谁，是谁派你来刺杀我？"土行孙大骂道："丘引，你个畜生，我叫土行孙，邓九公是我的岳父。你杀了我的岳父，我就要杀你这畜生报仇！"陈奇在旁一听，火往上撞，对丘引说道："元帅，这矮子被捉了还敢骂您，我看推出去斩了。"土行孙一听，又对陈奇说道："你这汪汪叫的狗，想必就是陈奇，可怜黄天化死于你手。要杀我，没那么容易，爷爷没有空陪你们玩了。"说着，土行孙双脚一跺，不见了踪影。这一下，可让丘引和陈奇大吃了一惊。丘引说道："此人竟有这样的法术，我的觉岂不是睡不安生了！"

再说土行孙，逃了出来，已经是天色漆黑。他连忙来到城头,用匕首暗算了士卒,将邓九公和黄天化两个人的头颅和身体一一运出了青龙关,交给了在关下接应的黄明、周纪二人。然后,众人回营,筹备将两位将军的尸体入土为安。

第二天一早,土行孙又向黄飞虎请令,要来青龙关下挑战。正这时,督粮官郑伦押送粮草赶到。郑伦一听说这陈奇所用法术竟然跟自己差不多,只是自己是鼻孔中喷出白光捉人,陈奇是嘴中吐出黄气捉人,就要亲自会会陈奇,黄飞虎应允。

郑伦来到青龙关下挑战,只见陈奇率领兵马出了城门,原来这丘引昨天晚上被土行孙折腾得又吐了一口血,加之一晚害怕土行孙再来行刺,不敢入睡,伤势已经更加严重,难以出城迎敌。

闲言少叙,郑伦和陈奇互通姓名后,战在一处。打了三十几个回合,郑伦心想,既然陈奇的法术和我差不多,那么不如先下手为强。而此时陈奇也想到了要用自己的法术来捉郑伦。因此二人同时将坐骑往旁边一带,停住了手,只见郑伦的鼻孔中喷出了两道白光,而陈奇的口中则吐出了黄气。二人的法力不相上下,僵持不下,最终是郑伦栽下了火眼金睛兽,陈奇掉下了马。此时,郑伦和陈奇手下的士卒也不知如何是好,只是静观其变。

二人掸了掸身上的尘土,又各自上了坐骑。陈奇说道:"既然你我二人法力相当,那么咱们就各自收了法术,专以兵器见长,生死就看自己的功夫了。"郑伦道:"好,正合我意。"二人又开始各自挥动兵器再战。二人你来我往,打了八十几个回合,渐渐地陈奇气喘吁吁,体力不支。而郑伦果然是一员猛将,越战越勇,终于寻了一个机会,将陈奇斩于马下。

　　青龙关的士卒知道总兵丘引重伤,如今又见陈奇丢了性命,投降的投降,逃走的逃走。黄飞虎率领大军浩浩荡荡进了青龙关。丘引听说黄飞虎进了城,慌忙穿上铠甲,就要出府迎战,哪知哪吒已经到了他的府门,哪吒又抛起了乾坤圈,这一下把丘引打得是一命呜呼。黄飞虎将得胜的消息火速报给子牙。

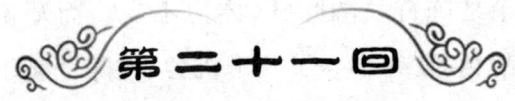

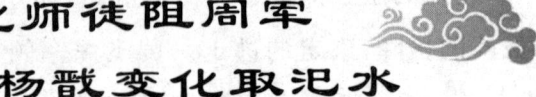

子牙接到黄飞虎得胜的消息,知道攻打汜水关的时机已经成熟。于是命人到汜水关下战书,约总兵韩荣三天后到城下一战。

三天后,子牙和韩荣在汜水关前摆开队伍,两军对峙。韩荣知道佳梦关和青龙关已经落入姜子牙之手,如今自己只有孤军奋战,殊死一搏了。但自己的将领如今已经没有什么能征善战之人,几年前自从余化被哪吒所伤败走,如今毫无音信,因此不免心中烦乱。

头一天开战,韩荣手下最为重要的两员将领就分别被哪吒和雷震子斩杀,韩荣只好率兵败回汜水关。回到关中,韩荣闷闷不乐,不知如何才能退敌。正在冥思苦想,忽然有人报:"七首将军余化求见。"韩荣一听,喜出望外,急忙迎出府外。

韩荣见了余化,拉住余化的双手说道:"自几年前与将军一别,真不知此生还能否得见。没想到将军在我最困难的时候,又前来助战。"余化道:"元帅不必客气,几年前末将被哪吒打伤之后,回到蓬莱仙岛见到了我的师父,又和师父继续学艺，并且炼成了一件法宝。如今必然可以报当年之仇。"韩荣一听，心里踏实下来，命人摆上酒宴为余化接风洗尘。

第二天一早，余化就来到周营前挑战。姜子牙问："谁愿出营应战？"哪吒道："小侄愿往。"哪吒来到阵前，一见是余化，哪吒笑道："手下败将，还敢前来？"余化道："找的就是你，我要报以前之仇。"二人不用多言，打在一处，这真是仇人见面，分外眼红。

打了二三十个回合，余化从背后抽出了一把刀，此刀名叫"化血神刀"，中了此刀会立即身亡。余化将此刀抛至空中，这刀直奔哪吒而来。这刀来得太快，哪吒躲闪不及，中了一刀。哪吒是莲花化身，浑身都是莲花瓣，因此这刀伤了他，也不会像伤了肉体凡胎的人会立刻就死。哪吒中了刀伤，大叫一声，败回营里。雷震子一见哪吒受伤，心中大怒，一拍风雷二翅，来到阵前，举起黄金棍对着余化就砸，二人又打在一处。同样是二三十个回合之后，余化同样抛出化血神刀，一刀正中雷震子的左翅，雷震子这风雷二翅是两枚仙杏所生，因此也不同凡胎，这才得以败回营里，不至立刻丧命。子牙见余化一把刀伤了自己的两员大将，心中十分焦急。

这时有士卒禀报，督粮官杨戬已经押送粮草到了大营。不多时，杨戬来探视哪吒和雷震子，只见二人的伤口漆黑，杨戬对子牙道："这刀中有毒。师叔，等明天我到阵前去会会余化。"第二天，杨戬来到阵前，仍旧与余化动起手来。二十几个回合后，余化又抛起化血神刀，杨戬有七十二般变化，原本不会被刀所伤，但是为了探明这刀伤的究竟，杨戬将自己的元神出窍，故意用肩头挨了余化一刀，然后带伤返回大营。

子牙一见杨戬也受了刀伤，大吃一惊。杨戬道："师叔不必担心，我是故意挨他一刀，我现在就去见我师父，看看他能不能知道这刀的来历。"说完，杨戬驾土遁来到了玉泉山金霞洞，来见自己的师父玉鼎真人。玉鼎真人一见这刀伤，说道："这乃是'化血神刀'所伤。这刀上有毒，这毒我也解不了。这刀原是东海蓬莱岛一气仙余元之物，此刀在炉中炼时，放有三粒神丹一起炼，这三粒神丹就是解药。"玉鼎真人沉思片刻，又对杨戬说道："要想得到解药，还得你去走一趟。"

杨戬一听就明白了师父的意思，于是辞别师父，变成了余化的模样，来到了东海蓬莱岛。见了一气仙余元，杨戬口称师父，跪倒在地。余元问："你来这里做什么？"杨戬道："师父，弟子去氾水关阻挡姜子牙夺关，用'化血神刀'连伤了哪吒和雷震子，不想第三阵和杨戬交手，神刀被他一指，反倒返回来把弟子伤了，还望师父救我。"余元一见余化的肩头上真有刀伤，也没多想，说道："如今刀在你手，解药在我这里也没用处，你把这解药都拿去吧。"说着，余元将三粒神丹都交给了杨戬。杨戬叩头谢恩之后，赶紧驾土遁返回了周营。哪吒、雷震子、杨戬三人分别将三粒丹药服下，片刻痊愈。

再说余元，等杨戬走后才恍然大悟，心想这杨戬有多大本事能够将我的神刀一指就改变了方向？他赶忙掐指一算，原来这余化是杨戬变的，心中怒火上撞，骑上金眼驼，赶奔氾水关。

等余元赶到氾水关，正见杨戬与余化大战，此时余化已经抵不住杨戬的攻势，被杨戬寻了一个机会，一刀斩了。余元亲眼见着徒弟惨死，怒不可遏，来到阵前，收了余化的尸体。韩荣一见余化惨死，心中也很悲痛，但见一个青面獠牙的道人收了余化的尸体，赶忙上前来问个究竟。余元道："我乃余化的师父余元，想必你就是汜水关总兵韩荣。现在你好好将我的徒弟余化收殓，我去会会姜子牙等人。"

余元来到周营前，点名要杨戬出来应战，杨戬就要出营。子牙道："这余元虽是截教门人，但按辈分也是你的师叔，况且此人修行多年，我到阵前去与他讲明事理。"杨戬一听，只得按师叔的意思办。

子牙催动四不像，来到阵前，施礼说道："余道兄，不知何以来到两军阵前？"余元一腔怒火，一心报仇，不耐烦地说道："姜子牙，废话少说，杨戬骗走了我的神丹，又杀了我的徒弟，你快给我交出来。"子牙道："余道兄，你的徒弟余化阻我周军前进，这是违反了天数，纵使死了，将来也可封神，劝道兄请回吧。"余元脾气火暴，大喝道："我不管什么天数不天数，不交出杨戬，我先要你的命！"说着，余元一催金眼驼，手举宝剑直奔姜子牙。姜子牙急忙举宝剑招架。

二人你来我往，打了有四五十个回合。只见余元抛起了一把金刚锉，向子牙打来，子牙也抛起了打神鞭。两件法宝在空中斗在一处，金刚锉哪里打得过打神鞭，几下就被打神鞭打落地上，打神鞭继续奔余元打来，余元躲闪不及，被打了一打神鞭，带伤而逃。此时，在一旁观战的李靖见了，哪里肯放余元走，抛起了手中的玲珑宝塔，将余元锁在了塔中，余元被生擒活捉。

回到大营,子牙命人将余元推上来。没等子牙发话,余元先说道:"姜子牙,不用多说,你要是有本事就将我斩了,我料你们这里没有一个人能杀得了我。"说罢,一阵狂笑。子牙一听也动了火气,命左右:"推出去斩了。"李靖亲自将余元押到帐外,举宝剑砍向余元,不料一声响,宝剑断成了两半。李靖连忙向子牙禀报。子牙一听,心想这余元果真有些手段,不知该如何处置。此时,杨戬过来说道:"师叔,我看可以命铁匠造一个铁柜,将余元关在铁柜之中,然后我等将他丢到北海,沉于海底,看他还能怎么样。"子牙一听,感觉这个主意不错,命十来个铁匠,不多时铸成了一个铁柜,将余元锁在了铁柜之中。杨戬、哪吒、雷震子等人施法术,来到北海,将余元沉入了水中。

且说余元被沉入了北海,铁乃属于五行中的金,遇到五行中的水,金水相生,反倒帮了余元,余元借水遁逃出了北海,赶往碧游宫。这余元来到碧游宫外,将被姜子牙所伤,又被沉于北海的事,添油加醋地对多宝道人、金灵圣母等人说了。金灵圣母一听,气冲冲地进了碧游宫求见通天教主。见了通天教主,金灵圣母跪倒说道:"师父,这阐教门人欺人太甚。余元有何罪过,竟然被姜子牙锁进铁柜,沉于北海,幸好余元用水遁才逃了出来。希望师父能够为我们截教门人做主。"

通天教主听完说道:"我这有一件法宝,你交给余元,让他去惩罚惩罚姜子牙,但千万不可伤了姜子牙的性命。"余元得了宝物,高高兴兴返回到汜水关。韩荣正在担心余元被捉之后性命不保,一见余元高高兴兴回来,心中不解。余元说道:"现在我有了教主给的法宝在手,定能取了姜子牙、杨戬等人的性命。"韩荣一听,也十分高兴。一夜无话,第二天余元又来周营前挑战。

子牙一听余元又来挑战,心中不解,忙掐指一算,原来这余元在北海借水遁逃脱,如今又得了通天教主给的法宝,当真是来者不善。子牙略一思索,心想不知道通天教主给的法宝法力如何,万全之计是先下手为强,在余元尚未使用法宝之前就将他捉了。想到此,子牙叫来杨戬,吩咐当如此如此,杨戬领命而去。

余元在金眼驼上坐定,只等姜子牙出来,结果了他的性命,好泄胸中之恨。不多时,只见姜子牙骑马出了大营,手中提着打神鞭。余元一笑道:"姜子牙,你知道自己今天难逃一死,因此怕你那四不像也跟着惨死,没法向元始天尊交代?"子牙也微微一笑,说道:"余元,你北海逃过一劫,本该返回蓬莱岛,现在又来自寻死路,怪不得我了!"二人言语上互不相让,就动起了手。刚打了两三个回合,余元就想使用通天教主给的法宝。哪曾想这时左侧一个声音说道:"余元,看我的打神鞭。"余元大吃一惊,侧身一看,又一个姜子牙坐在四不像上,已经往空中抛起了打神鞭。余元惊魂未定,来不及躲闪,就被姜子牙打落金眼驼,刚要逃走,如上一次一样,李靖的玲珑宝塔又到了。余元又被生擒活捉,这时再看,马上的那个姜子牙已经变回了杨戬模样。余元一见杨戬,真是恨得牙根直痒痒，但是此时已经没有办法。

余元又被推到子牙的大帐前，余元冷笑道："姜子牙，你这回不会还想把我沉到北海吧？"子牙被他这一问，当真没了主意，其他人也不知如何是好。正这时，只听空中一个声音道："子牙莫急，陆压到此。"话音一落，陆压飘落在子牙的大帐前。余元一见陆压，顿时脸色发白，对陆压说道："陆压兄，还望饶命啊。"陆压摇摇头说道："为时已晚了。"说着，陆压取出了葫芦，口念咒语，将葫芦盖打开，葫芦口对准了余元的脑袋，只见一道白光射向余元，余元的首级顿时落地。斩了余元，陆压也不停留，辞别子牙，飘身而去。

斩了余元，子牙等人开始商议如何兵取汜水关。杨戬道："师叔，再让小侄变化一下，定能取了汜水关。"杨戬摇身一变，变成了余元的模样，哪吒、雷震子等人交口称赞。杨戬出了大营，来到了汜水关中见韩荣。韩荣正想这余道长说得了法宝，怎么又被捉了去呢？正这时士卒来报，余道长已在府外。韩荣赶忙出府相迎。见了余元，韩荣忙问究竟。杨戬道："我是故意被姜子牙捉去，在他的大营之中施展法宝，如今包括姜子牙在内的众多周营将领都已被我的法宝所伤，只要等到天黑，我们就可以趁机再偷袭一次，定然大获全胜。"韩荣一听，喜出望外，忙准备酒菜款待余元，只等天黑。

到了三更天，杨戬在前，韩荣在后，率领人马出了汜水关，杀奔周营。忽然韩荣只见面前的余元突然变成了杨戬的模样，手持三叉戟向他刺来，他赶忙招架。正这时，只见四面杀出了周军，韩荣的人马被团团围住，韩荣这才知道上了杨戬的当。但是为时已晚,韩荣哪里敌得过杨戬,再说自己的兵马现已经被周军包围,投降的投降,战死的战死,韩荣自知难以逃生,因此寻了个机会自杀身亡,一道灵魂赶奔封神台。

姜子牙顺利拿下汜水关,修整三日后,率领兵马向界牌关进发,而界牌关外则是一场苦战。

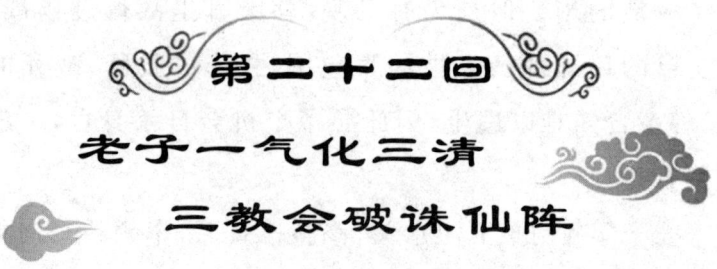

第二十二回
老子一气化三清
三教会破诛仙阵

　　话说姜子牙在离界牌关外三十里处扎下大营,正准备分兵派将,去取界牌关,忽然士卒来报,黄龙真人求见。子牙连忙率领众将官迎接。黄龙真人对子牙说道:"截教门人已经在界牌关外摆下了诛仙阵,一会儿各位道友也将前来,我们大家一起看看那诛仙阵。"正说着,广成子、赤精子、巨留孙、燃灯道人等人一一来到。众人和姜子牙、杨戬、哪吒等人一起来看诛仙阵。

　　再说多宝道人,领了通天教主的吩咐,在界牌关外摆下了诛仙阵,将阵的东门挂上诛仙剑,南门挂上戮仙剑,西门挂上陷仙剑,北门挂上绝仙剑。多宝道人见三十里外有一团仙气笼罩,知道燃灯道人等人已经到了姜子牙的大营,并且必会前来观阵,因此发了一个掌心雷,将原本隐藏不见的诛仙阵显现出来。

　　燃灯等人来到诛仙阵前,见阵内杀气腾腾,不敢贸然往里闯。正这时多宝道人从阵里走了出来,他不理别人,直接对着广成子说道:"广成子,上次你三进碧游宫,让你侥幸逃了一命,今天你休想再逃。"说着,多宝道人手执宝剑向广成子刺来,广成子也不多说,举起宝剑招架。不多时,广成子寻了个机会抛起翻天印,多宝道人躲闪不及被打中后背,摔了一跤,跌跌撞撞逃回阵中,广成子也不敢继续追赶。燃灯道人率领众人在阵外又观看了一阵,也看不出个究竟,只好又返回周营。

众人刚回到大营,只听空中有仙乐之声,不多时见元始天尊端坐在"飞来椅"上,飘然落下。燃灯率领众人上前施礼。元始天尊道:"你们随我到诛仙阵前走一趟。"于是,众人又随元始天尊前来观阵,元始天尊在阵前停留了片刻,一拍飞来椅,又返回周营。再说多宝道人,见阵外祥云升腾,又听见仙乐阵阵,知道是元始天尊来到了阵外,他不敢出阵,心中暗想:二师伯也来了,这回怕只有师父出面才能敌得过他了。不多时,等元始天尊返回周营,多宝道人这才出了阵,忽然又听见仙乐阵阵,不过这次的仙乐与元始天尊来时的不同。多宝道人心里高兴,因为他知道这是师父通天教主来到了。通天教主骑着奎牛,率领金灵圣母、龟灵圣母等多人飘落下来,进到阵中,等着会阐教门人。

第二天一早,元始天尊知道师弟通天教主已经来到界牌关下,于是率领众弟子又来到诛仙阵前。元始天尊问通天教主道:"师弟,不知你为何要命弟子摆下这诛仙阵?"通天教主道:"师兄,你门下弟子广成子侮辱我截教门人,并说我与禽兽为伍,此事岂能善罢甘休?"元始天尊道:"师弟,你门下也的确为非作歹者众多,又多少都只是修炼成了人形,而禽兽之性却难改的。"通天教主一听大怒:"师兄,你既然只知道袒护弟子,那么废话少说,你就前来破阵吧!"说罢,通天教主催动奎牛,进了诛仙阵。

元始天尊一见,一拍飞来椅,从阵东门而入。通天教主见元始天尊进了阵,发一个掌心雷,震动了诛仙剑。元始天尊口念咒语,飞来椅下生出四朵莲花,花瓣上闪烁金光,金光上又生莲花,顷刻间就生了万朵莲花,罩住了元始天尊的身体。这诛仙剑果然厉害,虽伤不到元始天尊,却也把元始天尊头顶的莲花震掉了三朵。元始天尊坐在飞来椅上在阵中走了一圈,又从东门出了诛仙阵。燃灯道人过来问道:"师父,不知您为何不破了此阵?"元始天尊道:"我师兄弟直接交手,未免有失体统,还得等师兄前来主持大局。"正说着,只听空中有乐曲声伴着仙鹤的鸣叫声传来,紧接着老子骑在青牛之上缓缓飘落下来。

元始天尊急忙率领众人上前迎接。老子对元始天尊说道:"师弟,通天师弟摆下这诛仙阵阻挡周兵,你为何不破了他的阵?"元始天尊道:"一切还得请师兄定夺。"老子来到阵前,大喝道:"通天师弟,出来见我!"通天教主一听大师兄来到,出了诛仙阵,近前施礼。老子道:"通天师弟,你也知道姜子牙伐纣是顺应天数,你如今怎么还摆下这诛仙阵,阻挡姜子牙进兵?"通天教主答道:"师兄,我摆下此阵,不是针对姜子牙,而是气愤阐教门人侮辱我截教门人。大师兄要责怪也要先责怪二师兄才对,你可不能有偏有向。"老子道:"师弟,你这么说话就是没偏没向了。姜子牙这一路发兵,都是你截教门人在阻挡,你什么时候处罚过你的那些门人?"通天教主一听,一时间说不出理来,就大怒道:"好,大师兄既然也责怪我,我也不多说,有胆量你们就来破我的诛仙阵!"说完,通天教主带领门人返回了诛仙阵。

老子笑着说道:"通天师弟,既然你执迷不悟,我就进你的阵里走一趟。"说着,老子催动青牛,从西方的陷仙门而入。通天教主见老子进阵,发掌心雷震动陷仙剑,这宝剑一动,寒光晃到谁,谁就将人头落地。但老子的道法是何等的高深,这陷仙剑伤不了他。老子道:"通天师弟,你既然对我下手,我就得教训教训你了。"老子挥动拐杖,向通天教主打来,通天教主赶忙举剑招架,师兄弟二人打在一处。

二人正在交战,通天教主手下的弟子们也各自施法,阵内电闪雷鸣,要伤老子。老子一见,口念咒语,头顶上出现了一座玲珑宝塔,罩住了老子的全身,还怕什么电闪雷鸣。老子心想:既然你截教门人想以法术伤我,那我也让你们见识见识我的法术。想到此处,老子把青牛往旁边一拨,把头顶上的鱼尾冠一推,从头顶上冒出了三道真气,化为三清。

老子拐杖打通天教主

通天教主又举宝剑来战老子，忽然见从东面来了一位道人，骑一只白色猿猴，手里举宝剑喊道："老子道兄，我来帮你制伏通天教主。"通天教主忙问："你是何人，要来伤我？"那道人说道："我乃上清道人。"说着，举宝剑对着通天教主就砍。通天教主躲过这一剑，连忙将奎牛一拨，后退了几步。这时，南方又有一个道人骑天马而来，手中的兵器是一柄玉如意，那道人喊道："通天教主，不要猖狂，我玉清道人也来会会你。"说着，玉清道人举玉如意来打通天教主。通天教主连忙躲闪，又将奎牛倒退了几步。还没等他缓过神来，北方又来了一位道人，手执钢鞭，大喝道："通天教主，我太清道人也来破你的诛仙阵！"

通天教主没弄清到底是怎么回事，已经被老子、上清道人、玉清道人、太清道人围在了中间。其实，这上清道人、玉清道人、太清道人都是老子的真气所变，是老子的分身，他们虽然能说能打，却伤不了通天教主。但是通天教主哪里知道，他被弄得手忙脚乱，被老子趁机打了三四拐杖。老子并不恋战，见通天教主已经吃了亏，就收了三道真气，三清道人顿时不见了。老子催动青牛，出了诛仙阵。

元始天尊上前问道："师兄，不知道这阵破起来容易不容易？"老子道："我虽然打了通天师弟几拐杖，教训了他一下，但是这阵破起来却并不容易。要破此阵，得有四位法力非常高强之人从四门进入才行。现在你我只能从两门进入，还缺两人。"师兄弟二人正在议论,广成子来报:"有西方教准提道人来到,说要见师父和师伯。"老子笑着说:"真是天意啊,快快请来。"准提道人见了老子和元始天尊说道:"两位道兄,别来无恙?近来我见东方有紫气升腾,知道东方有我西方教的有缘人,因此特意来东方寻找。路经此地,见这里仙气缭绕,却又杀气腾腾,不知道出了什么事?"老子于是就将通天教主违背天数,摆下诛仙阵的事说了一遍。元始天尊接着说:"刚才我师兄说需要有四位法力高强的人才能破了此阵,我们现在只有两个人,我知道道友法力甚高,不知道能不能帮我们渡过此劫。"准提道人说道:"既然是顺应天数,自然要帮。现在算上我还缺一个人,我现在就去请我们西方教主,就够了四人。"

老子和元始天尊一听,喜出望外,连连称谢。准提道人辞别老子等人,来到西方,见了教主接引道人说道:"师兄,如今东方的老子和元始天尊两位道兄要应天数破诛仙阵,正缺两人,不知道师兄能否和我一起去助他们一臂之力。"接引道人道:"既是顺应天数,理应前去。"于是,接引道人和准提道人来到了周营,老子率领众人迎接。

闲言少叙,第二天一早,老子、元始天尊、接引道人、准提道人来破诛仙阵。进阵之前,元始天尊叫来玉鼎真人、道行天尊、广成子、赤精子四人,对他们说道:"我现在在你们四人手心里各画上一道符,你们见阵内有雷声、有火光的时候,就把阵中四门的四口宝剑摘了。"元始天尊又叫来燃灯,吩咐道:"我现在给你一颗定海珠,你隐身在空中,如果通天教主往空中来,你就用定海珠打他。"元始天尊吩咐完,施展法力,声音飘进诛仙阵:"通天师弟,我们前来破阵了。"通天教主率领门人出了阵,一见接引道人和准提道人也来了,上前问道:"二位道兄,你们不在西方怎么也来这里和我作对?"准提道人道:"通天道兄,我们不是和你作对,我们是顺应天数。我劝你还是收了这诛仙阵吧。"通天教主冷笑一声说道:"你们既然来了,总得让你们见识一下这诛仙阵的厉害。"说完,通天教主率领门人进了阵中。

老子等人也不迟疑,元始天尊进了东方的诛仙门,老子进了西方的陷仙门,接引道人进了南方的戮仙门,准提道人进了北方的绝仙门。通天教主在阵中央的八卦台上连发掌心雷,分别震动了诛仙剑、陷仙剑、戮仙剑、绝仙剑。元始天尊口念咒语,头顶上出现一片祥云,诛仙剑伤不到他。老子头顶上出现玲珑宝塔,陷仙剑的威力也难以施展。接引道人头顶上出现三颗舍利子,光华夺目,戮仙剑的寒光就显得十分微弱。准提道人头顶出现千朵莲花,绝仙剑也奈何不了他。

通天教主见四把剑的威力无法伤害到四人,就手执宝剑来战接引道人。接引道人手无寸铁,只有一把拂尘,见通天教主举剑砍来,用拂尘一挡,拂尘上生出一朵五色莲花,托住了通天教主的宝剑。这时老子举拐杖，元始天尊举三宝玉如意，准提道人举加持神杵，一起来战通天教主。通天教主尚且不是老子的对手，更何况现在是四位高人。通天教主见情况不妙，催动奎牛，想从空中逃走。不料燃灯已经等在空中，一颗定海珠打来，通天教主没有防备，被打伤了后背，择路而逃。通天教主手下的众弟子一见，也纷纷逃走。这时，阵内雷声阵阵，火光冲天，玉鼎真人、道行天尊、广成子、赤精子四人赶忙摘了四门的四口宝剑，诛仙阵被破。

破了诛仙阵，老子、元始天尊、接引道人、准提道人纷纷返回自己的修炼之地，他们不愿在红尘中做太多的停留。燃灯等人也先后辞别了子牙，返回各自的洞府。破了诛仙阵，拿下界牌关对周军来说易如反掌。界牌关守将徐盖也知道纣王暴虐，商朝大势已去，并且自己难以抵挡大周的雄师，因此率领手下兵将，出城投降。子牙未费一兵一卒，顺利取了界牌关，休整三日后，向穿云关进发。

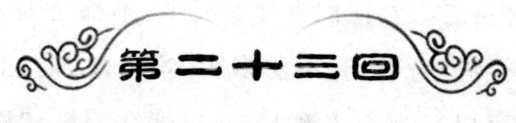

第二十三回

四将被擒穿云关
神农赠药克瘟神

话说穿云关的主将徐芳原来是界牌关主将徐盖的二弟。徐芳听说大哥归顺了姜子牙，破口大骂："好你个老匹夫，竟然反叛朝廷，我一定擒了你才能解我心头之恨，也才能赎我徐家反叛之罪。"先锋龙安吉过来劝说道："元帅不必发怒，等我明天出城，擒了周营的几员将领，押送到朝歌，大王就一定不会怪罪你了。"徐芳点头称好。

再说周营，子牙和众将在大帐中议事，子牙问道："谁能去穿云关前挑战？"徐盖说道："丞相，穿云关主将徐芳是我的二弟，我愿意到穿云关去劝降。"子牙一听十分高兴，说道："徐将军若能说服你的二弟来降，真是大功一件。"第二天一早，还没等关内的龙安吉出城挑战，徐盖已经来到城下，叫士卒通报徐芳自己要进关。徐芳一听，说道："来得正好，我这就擒了你。"于是，下令开城门放徐盖入关。

徐盖来到二弟的府内，刚要开口相劝，不料徐芳手一挥，两边蹿出十来个大汉，将徐盖绑了。徐芳大喝道："徐盖，你背叛朝廷，从今天起我不再认你这个大哥！"徐盖长叹一声说道："二弟，你糊涂啊，你以为你忠心，那原本黄飞虎、苏护哪一个不比你更忠心？他们为什么反了，不都是因为纣王只顾享乐，涂炭生灵吗？"徐芳不愿多听，吩咐左右："把徐盖押入大牢，等我再捉了姜子牙等人，一起押往朝歌。"徐芳转身又对龙安吉说道："将军昨天曾说要去周营捉几员将领回来，我看现在就可以出城了。"龙安吉领命，率领兵马出了穿云关，来到周营前挑战。

姜子牙一见穿云关有将领出来挑战，对众人说道："看来徐盖凶多吉少了。现在谁出营去会会穿云关的将领？"黄飞虎过来施礼说道："末将愿去。"子牙点头答应。黄飞虎上了五色神牛，来到阵前，与龙安吉互报姓名之后，战在一处。两人打了三十几个回合，龙安吉心想：我已经在元帅面前夸下海口，要捉拿几员周营将领回去，不能恋战，不如先用法宝捉了黄飞虎再说。想到这里，龙安吉将坐骑往旁边一带，从怀里取出一件法宝。往空中一抛，叮当声响，黄飞虎抬头一看，栽落五色神牛，被龙安吉生擒活捉。

士卒赶忙向姜子牙报告，姜子牙一听大惑不解，问左右："谁再出战？"洪锦上前说道："丞相，这龙安吉曾经在我的手下待过三年，我去会会他。"南宫适在一旁说道："我前去给洪将军助阵。"子牙点头答应。洪锦见了龙安吉说道："龙安吉，见了昔日的主帅，还不下马投降？"龙安吉答道："洪锦，你卖国求荣，我正要捉你。我虽然曾经在你手下三年，但是你却没有见过我的法宝，今天你也来见识见识吧。"说着，龙安吉催马来战洪锦。二十几个回合，龙安吉又取出那件法宝往空中一抛，原来这宝物是一个铜圈，呈太极图形状，名叫"四肢酥",抛到空中叮当声响,凡是肉体凡胎的无论法术多高,耳听眼见都会四肢酥软。洪锦也是精通法术之人,但是抬头一看,也栽落马下。南宫适一见,急忙催马来战龙安吉,但是他哪里敌得过龙安吉,被龙安吉同样用"四肢酥"捉了。

龙安吉见已经捉了三员周将,不再恋战,率领兵马得胜回关。徐芳见龙安吉果然没有食言,捉了三员周将回来,十分高兴,马上下令大摆酒宴为龙安吉庆功。

再说姜子牙,见一天之中,四员大将被擒入穿云关,心中闷闷不乐。哪吒过来说道:"师叔,不必担心,等明天让小侄到关下挑战,看看那龙安吉有何手段。"子牙点了点头。第二天,哪吒来到穿云关下挑战。龙安吉昨天已经连续捉了三员周将,因此心中得意,纵马出了城门,来战哪吒。龙安吉见哪吒脚踏风火轮,就知道这人一定有法术在身,心想:我不如还是先下手为强,直接用法宝捉了你吧。因此,龙安吉没等哪吒来到近前,就取出"四肢酥"往空中一抛。哪吒是莲花化身,看着龙安吉将一个太极图形状的铜圈抛到了空中,听着叮当声响,却毫无反应。那铜圈在空中停留片刻,掉在了地上。

龙安吉见哪吒并没有栽下风火轮,心中大惊,就要逃走,哪吒说道:"别跑,你的圈子我见识完了,你也来见识见识我的!"说着,哪吒抛起了乾坤圈,龙安吉躲闪不及,被乾坤圈打下马来,哪吒跟上前去,举起火尖枪对着龙安吉一刺,结果了龙安吉的性命。

徐芳在穿云关内听说龙安吉战死,大惊失色。正不知如何是好,有人报府门外有一道士求见。徐芳刚要说"请",只见道士已经走进了府中。这道士身材高大，红发獠牙，徐芳忙问："不知道长从何处来?"那道士答道："我乃九龙岛的吕岳。因为姜子牙屡屡伤我截教门人，我特来此地收拾他。"徐芳一听十分高兴，备酒宴款待吕岳。一顿饭吃到了天黑，吕岳起身对徐芳说道："我现在出去一趟，明天一早，就叫周营的人都身患大病。"说完，吕岳出了府门，借土遁来到穿云关外。

　　吕岳并不去周营偷袭，而是在离周营很远的四周转来转去。原来他在寻找周营的水源。用兵打仗，将士每天都要喝水吃饭，因此必然不能缺少水源。吕岳找来找去终于发现了周营的水源，这水源原来是从附近的一座山上流下的泉水。吕岳走到山上的泉眼附近，从怀里掏出一个皮囊，皮囊中装的都是瘟丹。吕岳将瘟丹倒入水中，瘟丹见水就化，融入了水中。此时差不多已经天亮，周营的士兵正好起来取水做饭，他们哪里知道一场灾难就在这水中。

　　周营的将士们吃过早饭，刚要商量去取穿云关的事，忽然一个个腹中疼痛，不一会儿都面色灰暗，瘫倒在地。这其中只有两个人没有什么事，一个是哪吒，因为他是莲花化身；一个是杨戬，因为他有七十二般变化，有九转元功护身。哪吒一见全营将士就只剩下他和杨戬能够迎敌，心中焦急。杨戬道："师弟不必担心，我有办法。"说着，杨戬在地上抓了一把土和草，往空中一扬，喊了一声"变"，顿时出现了许多身材魁梧的士卒把守住周营。

　　再说吕岳，见瘟丹撒入泉水之后，返回穿云关，对徐芳说道："今天早饭之后，保证周营的将士会得上重病，一个个瘫倒在地。到时,你就可以带领兵马将姜子牙等人统统捉来。"徐芳一听,满心欢喜,吃过了早饭,率领兵马出了穿云关来到周营前,只见周营的士卒一个个身材魁梧,哪里像是得了重病的样子。徐芳不敢轻举妄动,率领兵马返回了穿云关。

杨戬的"障眼法"只能救一时之急,不是长久之计。杨戬、哪吒二人正苦于无法救周营的将士,只见玉鼎真人来到了周营。杨戬赶忙跪倒说道:"弟子参见师父。"哪吒也过来给师伯施礼。玉鼎真人说道:"杨戬,我知道周营将士有难,特来相助。现在我和哪吒在营中抵挡住那瘟神吕岳,你火速赶往火云洞去求见神农上仙,求得解药。"杨戬领命,借土遁赶奔火云洞。

且说吕岳得知周营的士卒并不见得了重病,还在严密把守大营,心中不解,亲自出了穿云关来看情况。吕岳到阵前一看,冷笑一声说道:"小小的障眼法也想唬住我?"说着,吕岳也从地上抓起一把土和草,往空中一扬,喊了一声"破",被杨戬变出的那些士卒顿时不见了踪影。吕岳提宝剑就要进周营。这时玉鼎真人迎了出来,大喝一声:"吕岳,你未免过于心狠手辣,要害了周营所有将士的性命。"吕岳一见,说道:"原来是你玉鼎真人捣的鬼,不给你们阐教门人点厉害看看,你们怎么瞧得起我们截教门人?"说着,吕岳举宝剑直奔玉鼎真人。玉鼎真人也摆宝剑和吕岳打在一处。这二人你来我往就打了五十个回合。吕岳见一时半会儿很难取胜,就从怀里取了瘟病钟,只要摇动这钟就能使对方听见钟声得上瘟疫,十分厉害。玉鼎真人知道这法宝的厉害,急忙借纵地金光法返回了周营。

吕岳见玉鼎真人逃了,心中得意,又奔周营而来,哪知被哪吒挡住了去路。吕岳手持瘟病钟对着哪吒就摇,莲花化身的哪吒哪里会得什么瘟疫,因此一点也不怕他的瘟病钟。吕岳正在纳闷,哪吒的乾坤圈和金砖一起抛出,吕岳躲开了金砖,却躲不开乾坤圈,被乾坤圈打在了前胸上,口吐鲜血,逃回穿云关。

再说杨戬,得了师父的指点来到了火云洞外,见到一个童子正在洞外采草药,杨戬过去毕恭毕敬地对童子说道:"小道兄,我是杨戬,前来求见神农上仙,希望小道兄能够帮我传达一声。"那童子说道:"杨戬道兄,师尊命我在此采的草药,正是为了你,你现在就可以进洞去见师尊。"杨戬高兴,急忙进了火云洞,这洞中有各种各样的香气,仔细一闻,原来是各种各样草药的味道。杨戬来到洞中,见一个道人头戴皇冠在碧玉床上端坐,这人正是神农上仙。神农原本是远古之时的皇帝,因此头戴皇冠。他为了解救百姓的病痛,曾经尝遍天下草药。杨戬见了神农上仙,连忙跪倒叩头。神农说道:"杨戬,我已经知道你的来意。吕岳违背天数,在穿云关撒下瘟丹阻挡周军,我自然要出手相救。现在你就出洞去,采药的童子所采的草药正能解瘟丹之毒,你去吧。"杨戬连忙叩头,起身就要出洞。

神农又道:"回来!"杨戬又返回来,重新跪在神农面前。神农道:"张开嘴。"杨戬毫不迟疑,张开了嘴。只见神农把袍袖一挥,一粒金丹飘进杨戬的嘴里,这金丹入口即化。神农道:"杨戬,这颗金丹就算我送给你的见面礼。吃了这颗金丹,以后你将百病不侵。"随后,神农又从背后抽出一把扇子,递给杨戬,说道:"这扇子名叫'五火扇',你可以拿着他去制伏吕岳,功成之后再将扇子送回。"杨戬千恩万谢,接过"五火扇",辞别了神农上仙,取了草药,返回大营。

玉鼎真人、杨戬、哪吒三人将草药给将士们服了,不多时,全营将士大病痊愈。姜子牙从床榻上起来,向杨戬等人询问,才知道是中了吕岳的瘟丹。子牙心中大怒,马上点兵马前往穿云关下挑战。吕岳刚刚负了伤,此时又见姜子牙大病痊愈来关下挑战,心中有些发慌,但是自己一再在徐芳面前说下大话,因此也只有硬着头皮出关迎战。杨戬对子牙说道:"师叔,神农上仙曾借给我一把'五火扇',能制伏这吕岳。"子牙点头说道:"好,你就到阵前去走一趟。"杨戬催马来到阵前,吕岳一见不是哪吒,心想我的瘟病钟这次该能派上用场了。吕岳与杨戬大战了三十多个回合,吕岳取出了瘟病钟对着杨戬就摇,哪知杨戬吃了神农给的金丹之后已经百病不侵,因此瘟病钟也奈何不了杨戬。吕岳一见,又要逃走,此时杨戬已经取出了"五火扇",对着吕岳扇了几下,这个瘟神被扇成了飞灰,一道灵魂赶往封神台。

制伏了吕岳,姜子牙的大军轻而易举地攻破了穿云关,取了徐芳的首级,将徐盖、黄飞虎、洪锦、南宫适四人从大牢里救了出来。大军休整三日,子牙兵发潼关。

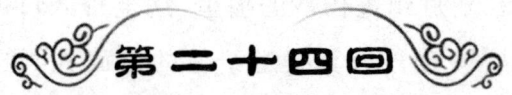

第二十四回
大将折兵潼关下
子牙潼关遇痘神

　　潼关的主将叫余化龙，他有五个儿子，分别是余达、余兆、余光、余先、余德。其中第五子余德在海外出家未回，因此余化龙带领着四个儿子守关。这一天探马来报，姜子牙在关外扎下大营。余化龙忧心忡忡地对四个儿子说："姜子牙一路上连连取胜，看来我们得有一场恶战啊。"四个儿子一起说："父亲不必担心，我们保证他过不了咱们的潼关。"

　　再说姜子牙，在潼关下扎下营寨，第二天升帐议事，问众将领道："今天谁到潼关下挑战？"一旁的太鸾过来说道："末将愿去。"子牙点头答应。太鸾出了大营，来到潼关下挑战。探马报告给余化龙，余化龙命长子余达出关迎战。

　　余达来到阵前，与太鸾互通姓名，二人话不投机，打在一处。余达举刀，太鸾握枪，二人你来我往，大战了几十个回合。渐渐地，余达越来越招架不住太鸾的凌厉攻势，额头上渗出了汗珠。余达寻了个机会拨马败走，太鸾在后紧追不舍。哪知太鸾刚刚追到余达的近前，余达回身抛出了链子锤，这一锤正打中太鸾的心口窝，太鸾被打落马下。余达将马拨回来，手起刀落，取了太鸾的首级，得胜回关。

　　子牙得知太鸾战死，心中不悦。第二天子牙升帐，苏护前来请战,子牙点头答应。苏护上马出营,来到潼关下挑战。余化龙命次子余兆出关迎敌。余兆来到阵前,见是一员老将,先拱手施礼,问道:"在下潼关守将余化龙次子余兆,不知道老将军是何人?"苏护答道:"我乃冀州侯苏护。"余兆再次施礼说道:"原来是苏侯爷。您已经身为皇亲国戚,为什么还要投靠到姜子牙麾下?一旦武王哪一天被朝廷大军剿灭,到时候老将军可就追悔莫及了。"苏护大怒道:"纣王荒淫无道,如今天下大势在周,你这潼关还想顽抗到底?"说着,苏护摆枪来刺余兆,余兆也急忙举枪招架。二人打了十来个回合,余兆暗暗佩服苏护的枪法,心想:我不能恋战,还是以法术赢他吧。想到这里,余兆从背后抽出一杆杏黄旗,左右一抖,余兆连人带马都不见了。苏护打着打着忽然不见了余兆的身影,正在纳闷,哪知道余化已经来到了苏护的背后,举枪对着苏护就刺。苏护躲闪不开,被刺中后心,栽落马下,气绝身亡,一道灵魂赶奔封神台。余兆取了苏护的首级,得胜回关。

且说子牙得知苏护又阵前战死,心中伤痛。苏护的长子苏全忠得知父亲战死,放声痛哭,向子牙请求出战,为父报仇。子牙点头答应。这次余化龙派自己的第三子余光出关迎战。长话短说,二人交手打至三十几个回合,余光诈败,苏全忠紧追,被余光用暗器梅花镖打中,身负重伤,败回大营。余化龙见自己一方已经连胜三阵,斩杀了姜子牙两员大将,心中高兴,摆开酒宴,与四个儿子痛饮。酒席宴上,余先对父亲说道:"父亲,三位哥哥都已经立了大功,明天请让我出战,也立功一件。"余化龙道:"想立功不难。明天我们父子五人一起出战,直接捉拿了姜子牙等人,破了周军!"四个儿子一听齐声应和。

第二天一早，余化龙率领大队兵马出了潼关，来与子牙对阵。周营众将见两天败了三阵，也一个个摩拳擦掌，要为死去的太鸾和苏护报仇。余化龙先打马来到阵前，姜子牙骑四不像迎了上去。余化龙施礼说道："姜子牙请了。"姜子牙拱手回礼说道："余将军，两日你连续赢了我三阵，斩杀了我两员大将，难道就认为自己必能大获全胜吗？现在武王仁厚，天下百姓都渴望归周，我劝将军还是不要执迷不悟了。"余化龙说道："你不过是磻溪边一个垂钓的老头，出身卑微，竟敢背叛朝廷。今天见了我，你难逃一死。"说着，余化龙催马来战姜子牙。此时，余达、余兆、余光、余先四兄弟也纷纷催马向前，黄飞虎迎住余达，杨戬迎住余兆，南宫适迎住余光，哪吒迎住余先，好一场恶战。

众人在阵前你来我往，渐渐地余达敌不住黄飞虎；余兆的法术也伤不了杨戬；余光被南宫适招招紧逼，来不及使用暗器；而一心想立功的余先，却被哪吒寻个机会打了一乾坤圈，打得口吐鲜血。余化龙见四子余先受伤，刚一分神，被子牙一宝剑刺伤了左肩。余家父子这一仗本以为能大获全胜，不料却都带伤败回关内。

余化龙父子们正在府内敷药疗伤，家将来报："五爷回来了。"只见余德一身道士打扮，来到府中，见父亲和几位哥哥个个受伤，正在治疗，忙问原委。余化龙将事情的前因后果说了一遍。余德道："父亲和哥哥们不必担心，等明天我去周营前走一趟。"

杨戬巧用障眼法

一夜无话，第二天一早，余德来到周营前挑战。子牙率领将官们出营，见阵前只有一个道士，子牙问道："你是何人？"余德道："我是潼关守将余化龙第五子余德，我来警告你们，赶紧收兵，不然我让你们这周营的将士一个不剩。"哪吒在一旁听了，火往上撞，来到阵前对子牙道："师叔，这余德口气太大，我先会会他。"子牙点了点头。哪吒脚踏风火轮，手提火尖枪来战余德。余德摆宝剑与哪吒战在一处。哪吒心中火气未消，打着打着，同时抛出了金砖和乾坤圈，余德躲闪过金砖，却躲闪不开乾坤圈，被乾坤圈打伤左肩，借土遁逃回了潼关。

众人一见哪吒取胜，心想余德也不过是口出狂言。哪知余德回到潼关，火冒三丈，先取了丹药服了，然后叫来四个哥哥，对他们说："哥哥们，你们今晚沐浴更衣，然后照我说的做，保证七天之内，让周营全军覆没。"一更时分，余德取出青、黄、红、白、黑五个手帕，铺在地上。又取出五个斗，兄弟五人每人手里拿着一个，然后五人分别站在五色手帕上。余德口念咒语，五色手帕腾空而起，飘到了周营的上方。余德喊了一声"倒"，兄弟五人一起将五个斗倒向周营，原来这五个斗中装的都是毒痘。

哪吒刚刚在白天用乾坤圈伤了余德，周营将士感觉取下潼关指日可待，哪曾想到了晚上一个个都开始浑身发热。子牙在大帐中也感觉浑身发热，却不明白究竟是怎么回事。三天之后，周营众将的浑身上下开始长出一个个小疙瘩，一动全身都疼。只有哪吒莲花化身，不怕毒痘，杨戬吃了神农上仙给的金丹,百病不侵。到了第六天,周营上下已经停了烟火,众将士都奄奄一息。

杨戬对哪吒说道:"看这情形,与穿云关中吕岳所用的法术好像差不多。师弟你先守着营寨,我再去火云洞走一趟。"说着,杨戬又抓起一把土和草,使用了个"障眼法",变出了一些兵将,而后自己借土遁来到了火云洞。

杨戬又在洞前见到了采药的童子,没等他开口,采药的童子先说了话:"杨戬道兄,师尊已经在洞中等你,进去吧。"杨戬进了火云洞,给神农上仙跪倒施礼,然后说道:"师尊,前一番在穿云关,多亏师尊的草药和'五火扇',周营将士才渡过了一次劫难。现在晚辈将'五火扇'交还。只是现在我们兵到潼关,全营将士又突然得了怪病,已经到了第六天,还望师尊再次解救。"神农上仙道:"你们兵进五关,也该有此劫难。这病乃是一种毒痘,人若感染,七天而亡。还好你来得及时,现在就去童子那里取了草药,去救姜子牙等人吧。"杨戬叩头谢恩,取了草药返回周营。杨戬和哪吒将草药给众将士服下,众将士立刻大病痊愈。

再说余德兄弟五人倒下毒痘之后,在关中静静等待,只等到第七天头上,周营将士得病而死,他们就可以轻而易举地取了姜子牙等人的人头送往朝歌。到了第七天的中午,余化龙率领五个儿子和潼关的大部分兵马出了城,直奔周营,果然见周营中死气沉沉,也没有了把守营寨的士卒。余化龙父子十分高兴,直接率领兵马进了周营,但是进营之后才发现,这周营怪不得死气沉沉,原来一个人影都没有。余化龙这才知道中了姜子牙的计策,但是为时已晚,姜子牙的大军从四面冲杀出来,将余家父子围在了正中。杨戬、哪吒、雷震子、土行孙、李靖等人纷纷上前与余家父子拼杀,余家父子哪是这些人的对手,不多时余家父子六人纷纷战死,姜子牙一鼓作气,兵进潼关。

子牙在潼关同样休整了三日,兵发五关的最后一关——临潼关。哪知截教门人又在临潼关前摆下了万仙阵,又是一场激战。

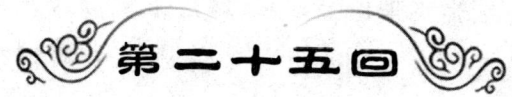

第二十五回

三教大会万仙阵
子牙兵取临潼关

子牙兵出潼关,奔临潼关而来。在离临潼关三十里的时候,哪吒来报,燃灯道人、慈航道人、云中子、广成子、巨留孙等人正在前面等候子牙。子牙赶忙骑了四不像来见众位道友。燃灯道人对子牙说道:"子牙,你可以就地安营扎寨,现在截教门人又在前方摆下了万仙阵,等待与我们阐教再分高下。"子牙听了,下令就地安营扎寨,然后与燃灯道人等人一起赶奔临潼关下观阵。

再说截教门人金灵圣母,奉师父通天教主之命在临潼关外摆下了万仙阵,要报上次诛仙阵之仇。金灵圣母在三十里外见仙气升腾,知道燃灯道人等人已经到了,于是发掌心雷,现出万仙阵来。燃灯道人等人驾祥云升到空中往下一看,只见万仙阵内有众多的截教门人,高高矮矮、胖胖瘦瘦,应有尽有。燃灯不禁说道:"想不到师叔门下竟有这么多的弟子。"旁边的广成子说道:"师叔门人虽多,却大多是禽兽,心存不善啊。"燃灯等人观了一会儿阵,也看不出个究竟,就返回了周营。

这时,只听空中仙乐阵阵,先是南极仙翁驾鹤而至,紧接着元始天尊端坐飞来椅上，缓缓飘落下来。众人赶忙上前给元始天尊施礼。众人刚刚见过元始天尊，只听得空中有乐曲声伴着仙鹤的鸣叫声传来，接着老子骑在青牛之上，飘落在周营。元始天尊带领着众多的徒弟、徒孙来给老子施礼。老子说道："人、仙都是难违天数啊，姜子牙兴兵伐纣，是应天数，我等为了应这天数，竟然也要一次次到这红尘中来。"

元始天尊与老子二人攀谈放下不提，单说金灵圣母，得知两位师伯已经到了周营，心中焦急，盼着师父赶紧到来。正这时，头顶上仙乐阵阵，通天教主果然也来到了万仙阵。金灵圣母上前说道："启禀师父，二位师伯已经到了周营。"通天教主道："你明天就去周营给你的两个师伯下战书。约他们三天之后来破我的万仙阵。上一次他们在诛仙阵中伤了我，这次我得给他们点颜色看看。"

长话短说，第二天一早金灵圣母来到周营下战书，三天之后，老子、元始天尊、通天教主相会于万仙阵前。通天教主上前施礼说道："二位师兄请了。"老子道："通天师弟，上一次你在诛仙阵已经吃了苦头，就该好好在碧游宫修炼，现在怎么又摆下这万仙阵？"通天教主顿时变了脸色，说道："正是上次吃了苦头，这次我才来给你们点颜色看看。"老子淡淡一笑，说道："通天师弟，想不到你还是争强好胜。也罢，咱们还是阵中见高低吧。"

通天教主率领门人返回阵中，不大一会儿，摆了三个阵出来，又来到老子跟前，问道："大师兄，你可认得这三个阵？"老子看了看，说道："这分别是太极阵、两仪阵和四象阵。"通天教主问:"大师兄既然认识,那就找人来破吧。"老子问左右道:"谁愿前去破太极阵?"赤精子说道:"师伯,弟子愿往。"说完,赤精子飞身来到太极阵中,在太极阵中守阵的截教门人是乌云仙。赤精子与乌云仙战在一处,十几个回合,乌云仙抛起了混元锤,赤精子躲闪不开,被打了一个跟头,转身就跑,乌云仙在后紧追。赤精子因在阵中辨别不清方向,因此没有逃回周营,而是逃到了一处山脚下。乌云仙眼看已经追上了赤精子,眼前忽然出现了准提道人。准提道人让过了赤精子,拦阻乌云仙。乌云仙认得准提道人,大喊一声:"准提道人,在诛仙阵你伤我师父,你拿命来!"说着,抛出混元锤来打准提道人。准提道人不慌不忙,张开嘴,吐出了一朵莲花,这莲花将混元锤托住。准提道人又从怀里拿出一小节竹棍,对着乌云仙一指,说道:"快现原形。"这乌云仙立刻现出了原形,原来是只金鳌。准提道人收了这金鳌,命随行的童子带回西方。

乌云仙被打回原形,太极阵被破。通天教主火往上撞,问道:"谁来破我的两仪阵。"此时,准提道人已经到了阐教门人的队伍,准提道人对老子说道:"我看此阵普贤真人可破。"老子点头称是。普贤真人领命进了两仪阵。这两仪阵中守阵的是截教门人灵牙仙。灵牙仙和普贤真人二人摆动宝剑,战在一处,不一会儿灵牙仙发一个掌心雷,催动了阵中的法术,一时间阵内电闪雷鸣。普贤真人急忙掏出一道太极符,贴在自己的胸口,这电闪雷鸣奈何不了他。普贤真人又掏出长虹索,往空中一抛,将灵牙仙绑了,押到老子和元始天尊的近前。老子对南极仙翁说道："你去打出他的原形。"南极仙翁手拿一柄绿如意，在灵牙仙的头上打了三下，灵牙仙现出了原形，原来是一只白象。

通天教主一见门人又被打回了原形，羞得满脸通红，厉声问道："谁来破我的四象阵？"元始天尊对慈航道人说道："你到阵中去走一趟吧。"慈航道人领命进入四象阵。在四象阵中守阵的截教门人是金光仙。金光仙发掌心雷将四象阵中的法术启动，只见一会儿风起云涌，一会儿火光冲天。慈航道人赶紧一拍头顶，头顶上现出一朵祥云，阵中的法术奈何不了他。金光仙见法术上难以取胜，只好摆宝剑来战慈航道人。不多时，金光仙被慈航道人生擒活捉，押到了老子等人面前。老子又命南极仙翁将金光仙打回原形。金光仙原来是一只金毛狮子。

眼见三阵接连被破，通天教主火冒三丈，就要与老子等人交手。一旁的龟灵圣母说道："师父，先让徒弟去打上一阵。"通天教主点头答应。龟灵圣母来到阵前挑战，巨留孙请命上前，与龟灵圣母打在一处。二十几个回合，龟灵圣母抛起了日月珠来打巨留孙，巨留孙不认得这法宝，因此被打了一珠，转身往西方败走。龟灵圣母在后紧追，正追着忽然间眼前来了接引道人。接引道人让过巨留孙，拦住龟灵圣母说道："你既然已经修炼成了人形，就该本本分分，怎能逞强斗狠？"龟灵圣母认得接引道人，大喝道："接引道人，竟敢挡我去路！"说着，抛起日月珠朝接引道人打来。接引道人伸出右手食指，指上放出一道白光，白光之上生出一朵莲花，托住了日月珠。接引道人左手拿起一颗念珠，朝龟灵圣母打去，龟灵圣母躲闪不开，被一颗念珠打回了原形，原来是一只乌龟。接引道人也命随行童子将这只乌龟带回了西方。

接引道人随同巨留孙来见老子和元始天尊，准提道人见师兄来到也上前施礼。这下可真气坏了通天教主。通天教主骑奎牛就要来战接引道人，老子把手一摆，说道："通天师弟，你别心急，等明天咱们万仙阵中再见高低。"于是，双方各自收了人马，等待第二天齐会万仙阵。

老子回到周营，对众人说道："明天万仙阵中就是大家完成劫数之时。究竟是生者成仙，还是死后封神，都在这万仙阵中见分晓。"元始天尊又对子牙说道："上次破诛仙阵时所得的四口宝剑，现在何处？"子牙答道："就在弟子手中。"元始天尊吩咐道："明天广成子、赤精子、玉鼎真人、道行天尊你们四人见阵中有宝塔升起，就抛起这四口剑做法，用他们截教的剑来绝他们截教的人，也算是恶有恶报。"四个弟子领命。

第二天，老子、元始天尊、接引道人、准提道人率领众人来到了万仙阵前，通天教主也率领截教门人在阵中做好了一切准备。且说子牙这一方的土行孙、邓婵玉夫妇和洪锦、龙吉公主夫妇，听说将在这万仙阵中完成劫数，都急着看看自己究竟是成仙还是成神，因此不等老子吩咐，四人首先闯进了万仙阵。阵内的金灵圣母、多宝道人等截教门人，一见有人闯进了万仙阵，赶忙施展法术，催动阵内的各处机关。可怜土行孙等四人在一场血战之后，纷纷毙命，灵魂赶奔封神台。

老子一见，下令众人一齐进阵，老子、元始天尊、接引道人、准提道人围住了通天教主，并使阵内机关不得施展，其他的截教、阐教门人还有周营将士也纷纷打在一处。这一仗从上午打到了黄昏，黄昏之时，老子施法术，阵中起了一座宝塔，广成子等四人抛起了诛仙剑、戮仙剑、陷仙剑、绝仙剑，一时间阵内阴风惨惨，截教门人纷纷死在四口剑下。

这一仗一直打到三更时分才见分晓，截教的几千门人只剩下了二百多人，通天教主也被打伤。阐教一方和周营的将领一方则又战死了黄飞虎、郑伦等人。通天教主见万仙阵再次惨败，只得灰头土脸带领剩下的二百多人返回了碧游宫，从此潜心修炼，不再下山。老子、元始天尊、接引道人和准提道人一见劫数已尽，也纷纷返回修炼之地，从此不再涉入红尘。

燃灯道人、广成子、赤精子等人也来与子牙道别，燃灯说道："劫数已满，此后一别，我等与子牙将再无相见之日，还望子牙保重。"子牙含泪与众位道友一一告别。

三教大会万仙阵之后，各教门徒都劫数已满，因此再也没有了阻遏，子牙轻松取下临潼关，兵发朝歌。

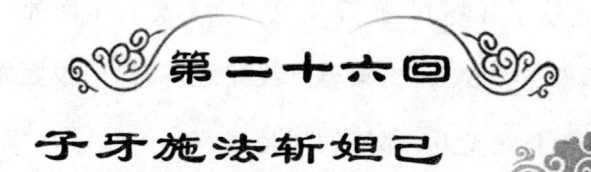

第二十六回

子牙施法斩妲己
功德圆满一封神

　　子牙取了五关,兵发朝歌的消息传到四方诸侯那里,四方的大小诸侯纷纷率兵前来投奔,一齐兴周灭纣。

　　再说纣王,自姜子牙出兵以来,他仍旧在深宫中与妲己和胡喜媚日日笙歌。等玉石琵琶精在摘星楼上吸收了五年日月精华,再成人形之后,妲己又想方设法将琵琶精介绍给了纣王,纣王封了琵琶精一个王贵妃。纣王荒淫无道,甚至为了与妲己打赌猜孕妇怀的是男孩还是女孩,竟然捉来一个个孕妇,当场把孕妇的肚子剖开来看。纣王的荒淫无道和残杀无辜,使朝歌城里的百姓日日盼着姜子牙的大军能够早日攻进朝歌。

　　这一天,百姓们听说姜子牙已经联合各路诸侯的大军,驻扎在了朝歌城外,无不欢欣鼓舞。纣王在宫中也知道大势已去,对妲己和胡喜媚、王贵妃说道:"现在全天下都反对朕,只有三位爱妃还能够日日陪伴在朕的身边。想我商朝一共传了二十八代皇帝,到了我这一代,却将让姬发和姜子牙这两个反贼夺了我的天下,我有什么面目去见列祖列宗啊。"说完，纣王连饮了几杯酒，接着又说："我本想自杀而死，可是一来我舍不得三位美人；二来要是我死之后，你们被姬发捉去，叫你们与他日夜交欢，那该如何是好？"

姐己三人一听，急忙跪倒在地。姐己哭着说："大王，我们姐妹三人也都早年习过武，现在大敌当前，不如让我们姐妹三人今晚去周营偷袭，取了姬发和姜子牙的人头，也好解大王的忧愁。"纣王一听，又来了精神，连声说："好，好，好，要是三位美人能立此大功，朕真是感激不尽。"

且说子牙在大帐中掐指一算，商朝的江山三天内可灭，因此心里高兴，也就没有防备三个妖精来劫营。夜里三更时分，周营中尘土飞扬，士卒们一时慌乱起来。子牙听见外面人声嘈杂，慌忙出了大帐来看，一见妖气弥漫，忙命哪吒、杨戬等人道："全力捉妖。"哪吒、杨戬、雷震子、金吒、木吒、李靖六人纷纷执兵器、拿法宝来迎战三个妖精。只见三个妖精身穿盔甲，正在左右厮杀。六个人将三个妖精围在了中间。子牙在大帐下手往空中一举，施了一个"五雷轰顶法"，半空中雷声阵阵，向三个妖精劈来。三个妖精一见这阵势，赶忙施展妖风，逃回了宫中。

纣王正在午门外等候姐己三人传来喜讯，不料姐己三人狼狈不堪地逃了回来。纣王忙问："胜负如何？"姐己道："姜子牙有了防备，因此我们没有得手。"纣王一听，摇了摇头说："看来我大商朝的气数已尽啊。"说完，头也不回地上了摘星楼。

三个妖精哪里还有心思去管纣王，她们赶到后宫抓了几个宫女吃了，然后商量该往哪里去。九头雉鸡精说："我们不如还回我们的轩辕坟去吧。"千年狐狸精和玉石琵琶精都点头同意。三个妖精忙驾起妖风，奔轩辕坟而来。三个妖精正驾妖风，突然见前方在云中站立三人，这三人分别是杨戬、哪吒和雷震子。杨戬一见三个妖精来到，大喊一声："妖精，往哪里跑，我们奉姜师叔之命要捉你们回去。"

千年狐狸精一见，骂道："我们姐妹断送了商朝的天下，才成就了你们的功名，你们不来感激，还来捉我们，哪有天理！"说着，三个妖精各摆兵刃来战杨戬三人。三个妖精知道不是杨戬三人的对手，因此打了两三个回合，驾起妖风就逃。杨戬三人在后紧追。

三个妖精正拼命逃跑，忽然见前方有两面黄幡飘动，黄幡之下有数对童男童女分列左右，正中间是一位娘娘坐在青鸾之上。这位娘娘不是别人，正是女娲娘娘。三个妖精一见女娲娘娘在前，急忙跪倒。千年狐狸精说道："娘娘在上，小妖有礼。现在我们正被杨戬三人追赶，请娘娘救命啊。"女娲娘娘吩咐彩云童儿道："将这三个妖精捉了，交给杨戬，等姜子牙发落。"三个妖精连连叩头，千年狐狸精说道："当年是娘娘用招妖幡招来小妖三人，让我们去迷惑纣王，断送他的天下。我们也是遵照娘娘的吩咐行事,现在娘娘怎么不但不救我们,还要捉了我们,这不是出尔反尔吗?"女娲娘娘大怒道:"我让你们去迷惑纣王,断送他的天下,这本是遵从天数。我也曾许诺你们事成之后,你们都可以得道成仙。但是同时我也吩咐过你们千万不可以残害百姓。你们造炮烙、建虿盆,害死姜王后、逼比干剖心、冤杀伯邑考,这一桩桩,一件件,哪一样不是在残害百姓?如今你们已经恶贯满盈。"女娲娘娘的这些话说得三个妖精哑口无言。彩云童儿过去将三个妖精捉了,三个妖精也不敢反抗。

杨戬三人追三个妖精而来,见女娲娘娘在前,急忙跪倒施礼。女娲娘娘说道:"杨戬,我已经替你们将三个妖精捉了,你们现在就带回去吧。"杨戬三人谢过女娲娘娘,将三个妖精押往周营。

子牙见三个妖精已经被捉,命杨戬、哪吒、雷震子三人将三个妖精押到营外监斩。杨戬监斩九头雉鸡精,哪吒监斩玉石琵琶精,雷震子监斩千年狐狸精。不大一会儿,杨戬提了九尾雉鸡精的首级,哪吒提了玉石琵琶精的首级来向子牙回话。只有雷震子一脸困惑,两手空空地回来。子牙问道:"雷震子,千年狐狸精的首级呢,莫非让她跑了?"雷震子答道:"师叔,那千年狐狸精太能迷惑人,行刑的士卒都被她迷惑了,下不了手。"子牙道:"这狐狸精修炼了千年,果真有些迷惑人的手段,待我亲自去斩了她。"

　　子牙来到营外,果然见这狐狸精借着妲己的身体,显得千娇百媚,如花似玉。子牙命人摆上香案,手中执宝剑,念咒语,烧了三道符,将宝剑抛起,宝剑直奔千年狐狸精,取了她的首级。

　　斩了三个妖精,满营将士和各路诸侯无不欢喜。这时只见朝歌城里的摘星楼燃起了熊熊大火,原来是纣王见大势已去,在摘星楼上自焚而死。朝歌城中的商朝文武大臣,得知纣王已死,纷纷来到各个城门,打开城门,迎接周军进城。姜子牙进城之后,赶紧命人救灭大火,又贴出安民告示,不出一日,朝歌城又平静如常,人来人往。

　　在朝歌城中休整半月,姜子牙留下将领驻守朝歌,自己带领兵马返回西岐向武王道贺。武王一见如今天下已定,对众位将官一一封赏。子牙等武王封赏完毕,跪倒说道:"大王,如今天下大势已定,有功之臣也都有封赏。但是遭逢劫数而死的众人还未封神,现在请准老臣筹办封神之事。"武王准奏。

　　姜子牙辞别武王,驾土遁来到了封神台,焚香作法完毕,宣读封神榜。在这封神榜上,凡是应劫数而死的阐教门人、截教门人,还有一些将领一一被封为各路神仙。

　　其中黄天化被封为掌管三山正神炳灵公,黄飞虎被封为掌管东岳泰山正神齐天仁圣大帝,闻太师被封为雷部正神普化天尊,吕岳被封为瘟部正神昊天大帝,郑伦与陈奇一起被封为哼哈二将,苏护被封为东斗星官,邓九公被封为星宿中的青龙星,火灵圣母为火府星,邓婵玉为六合星,土行孙为土府星,商容为玉堂星,洪锦为龙德星,龙吉公主为红鸾星,纣王为天喜星,余元为水府星,张桂芳为丧门星,黄飞虎妻子贾氏为貌端星,姜王后为太阴星,等等。

子牙封神完毕,返回玉虚宫向元始天尊复命。元始天尊道:"子牙,你如今已经应天数,辅佐武王取得了天下,并且封神之事也已办完,功德圆满,但你我师徒的缘分也就到此。此后,你不要再来玉虚宫,你该享人间富贵,你下山去吧。"子牙含泪拜别了师父和师兄南极仙翁,离开了玉虚宫。周朝的八百年基业也从此开创。